水的复数

黄立康 著

天津出版传媒集团

百花文艺出版社

图书在版编目（ＣＩＰ）数据

水的复数 / 黄立康著. -- 天津：百花文艺出版社，
2025. 3. -- ISBN 978-7-5306-9070-3

Ⅰ. I267

中国国家版本馆 CIP 数据核字第 2025PR3269 号

水的复数

SHUI DE FUSHU

黄立康　著

出　版　人：薛印胜

策划统筹：王　燕

责任编辑：王　燕　徐　姗

装帧设计：彭　泽

出版发行：百花文艺出版社

地址：天津市和平区西康路 35 号　邮编：300051

电话传真：+86-22-23332651（发行部）

　　　　　　+86-22-23332656（总编室）

　　　　　　+86-22-23332478（邮购部）

网址：http://www.baihuawenyi.com

印刷：山东临沂新华印刷物流集团有限责任公司

开本：880 毫米×1230 毫米　　1/32

字数：150 千字

印张：7.875

版次：2025 年 3 月第 1 版

印次：2025 年 3 月第 1 次印刷

定价：65.00元

如有印装质量问题，请与山东临沂新华印刷物流集团有限责任
公司联系调换

地址：山东省临沂市高新技术产业开发区新华路 1 号

电话：(0539)2925886　　邮编：276017

目录

第一辑 · 奇数

翅膀之歌

小路

小路很少有名字，但无论在哪里，去哪里，世间总有小路。

小路淘气，它隐在一些幽密处，和你捉着迷藏。当你走在浮动的黑暗中，总有拉你的树枝、绊你的石头，还有在身后拍你肩膀的小鬼。小路野气，你无法抗拒涉险的小诱惑。那自己吓唬自己的童趣、追逐嬉闹的欢笑、摔倒的淤青、被嘲笑的哭声、最后安全获得游戏胜利的窃喜，那快乐仿佛小小的偷窃癖得到了满足。

回忆也是一条小路。回忆那场探险的游戏时，你像是浮着，悄悄跟着儿时的自己。突然你也童心大发，试着偷偷拍拍前面小孩儿的肩膀，看看胆小的孩童会不会惊乍呼喊慌不择路。

从二大爹家后门到大爹家后门的那条小路，我最怕一个人走。每次准备挤进黑暗去往另一道后门时，我盯着黑，总是先深吸一口气，像要跳海潜水。沿着三家人后墙踏出的小路其实是条排水沟，不过短短百米，但对胆小的我来说，到达另一扇门后、微弱灯光里的那块陆地，如同敦刻尔克大撤退。胸腔内飞机空袭轰炸，脚下水草淤泥缠腿。能不能有条长长的拉线，咔嗒一声，把月亮拉亮？

我想，肯定连电灯都害怕那条小路的黑，缩成一团不敢照远，并且一会儿亮、一会儿暗，一闪一闪地发抖。没电的时候，母亲会点上一大块松明，放在房间的泥地上。松明燃烧，火光跳闪，还会飞出许多黑丝。我和哥哥一边伸手试图抓住那些会飞的蚯蚓，一边由着母亲帮我们脱下衣裤。待我们睡下，母亲拿上松明离开，关上门，黑暗裹着我，我裹着暖，暖裹着梦，另一条小路从门里延伸出去了。第二天醒来洗脸时，鼻孔里会洗出两团黑，那是夜轻轻按下的黑手印。

白天，小路上的黑海退去，就不可怕了。小路连着一条石板路，石板路是一条界线，将小村中两个世居家族隔开。石板路向上延伸至村后的田地、坟地，向下连到一条弹石路上。弹石路下方，金沙江唱着古调，缓缓流淌。我记得那条石板路上的青石板，那些修补村庄裂缝的石头，人走马踏，光磨雨刻，泛着喜人的亮光。那光亮仿佛是安睡在石头里的，被你路过的脚步声惊醒，探出头，半睁着睡眼想看看是哪个冒失鬼打扰了它的美梦。我喜欢那些青石板，它们有自己的颜色、花纹和裂痕，它们总让我想到天空，想到光滑的天壁，白色石纹像云，又像河水一样从石头里流过。有些石头镜子一样倒映出大地上纵横的沟壑；有些石头怀着裂痕，我想那是鸟飞过留下的痕迹吧。有时候，石头里下着雨或雪，一点点的，一小片一小片的。有时黄昏会深深印在某块石头里，过了一万天也还是黄昏，那黄昏后的黑夜，成了委屈的孩子，藏在门后，就那么一直等着。

我就是踩着这条石板路到村口的田边，牵大爹家的老牛回家。那是一件让人激动、骄傲又害怕的事，我小跑着到田边一小块闲地上，一桩、一绳、一头牛，一大堆晒干的苞谷秆堆放在老牛够不着的地方。老牛低头咀嚼着，它总在嚼着什么，像在私语。我走向木桩把缰绳解下。我不知道我在牛眼睛里是什么模样，当一个小身影怯怯地试探着接近它，它如何确定这个时而出现、时而消失的男孩儿是"屋头人"（家里人），是要牵它回家？

我知道牛是有灵性的。虽然我是城镇里长大的孩子,只是偶尔回故乡,但在学校大院里,孩子们带着各自故乡的怪事,讲鬼侃神,一个个装胆大、吓胆小,野得很。我听说,眼皮抹上牛眼泪,就能见到鬼,有人不信,抹上牛眼泪,睁开眼,看到许多死去的人都盯着他,把他吓疯了。这个鬼故事没有吓到我,真的真的。只是从那以后,见到牛我都会下意识地盯着牛眼睛和潮湿的泪痕看。你看牛无声地流了那么多泪,是不是听了太多人鬼情未了的苦语悲歌?这是肯定的。我还只是个小孩,可是如果到我死的那一天,我一定会有非常多的不舍和眷恋。但鬼和鬼是不会互诉心事的,这一点我敢肯定。你看很多人聚在一起,只自顾自说自己的,希望别人都听他说话,而不会去倾听别人。对于鬼来说,大家都在阳间活过一辈子,谁比谁"死着"更苦呢,于是,不舍和眷恋只能讲给自家牛听。这可苦了不会说人话的牛,它只能一边沉默地嚼着、念着,一边流泪。

老牛是看到我身后跟着的家神了吗?那些逝去的人曾吆喝着它春耕犁地,我遗存的农耕的根骨,如同打在它身上的皮鞭,让它不自觉地颤抖。或者,它是闻到了我身上的气味。这是它不熟悉的气味,没有泥土的腥味、五谷的芳香,没有木楼的陈旧霉味,没有经年劳动捂闷沉积的汗味,这男孩身上的味道太硬了,仿佛来自另一个世界。但像晒干的苞谷秆入口、反刍后的回甘,男孩的体内有一丝稀淡的血气属于横断山里的这片土地、这个乡村、这个家族。认出来了。这气息,这低头走路的姿势,还有这稚嫩的呼喝声,遗传自那个带它到金沙江边洗澡、为它擦洗身体的人。

往事一下就让老牛变温柔了,它认了我。回家路上,我得意又担心地牵着老牛,缰绳不敢拉太紧,时不时回头看看。老牛慢悠悠地迈着沉缓的步子,它经历了太多岁月,并且又吃得很饱,不急这一时半刻。经过石板路时,牛蹄踏在石板上发出脆响,我想,这是老牛在弹琴,它弹响了石纹里的天曲云歌。

长征路

1958 年,我父亲出生。那时穿过故乡拉马落的路只有两条:自上而下的石板路,左右贯通的茶马道。马道连着金沙江边其他村落,也连接着祖先迁徙至此的来路,连接着世代居守于此的岁月,像窄窄的血脉穿过时光。马道停在父亲面前,以后的路轮到他带着家族的痛苦和荣耀往前走。

后来,用了十七年的时间,人们沿着金沙江修筑了一条弹石公路。那条1974年修好的路在故乡马道和金沙江之间,我们称它为"马路"。马路比马道宽,但尘土比马道多,汽车驶来,大老远就能看到一条土龙吞沙吐泥遁地而来。这是我年少时的记忆,那些在路边竹林下等客车的时光,我总是因炎热而昏昏欲睡,望穿金沙江也不见客车跋扈而来。有时候要等三四天才能等到有空位的客车去往小县城中甸,而我在枯寂间懂得了时间像马路一样弯曲、索然又虚张声势。

父亲就是沿着弹石公路离开故乡的。这个家族回应了时代的召唤,开始了另一种迁徙:去往城镇,成为"城里人"。自从父亲离开故乡,像棵梨树,将自己嫁接到小县城中甸,他身后的故乡越来越小,最后剩下的,只是小小的、属于自己的一方坟茔。

1978年的父亲带着乡音和忐忑,走下班车,准备去往迪庆州师范学校报到。学校在路的另一头。那条路叫"长征路",没有其他路可走,那是那时那城唯一的马路。一条名叫"长征"的路,命里带着的悲壮、不屈与奋斗,是跨越时代的隐喻,也是一代人的心路。

父亲的师范岁月，我是后来从书柜中的课堂笔记知晓一二的。父亲并没有为我讲述他的求学岁月、他的青春。"青春"这个词安在父辈身上是多么淡薄矫情、不合时宜啊！他也没有为我讲述他寂静贫穷的家乡，那个我后来反身去寻找的地方。关于过往，他很少提起，他不知怎么讲，也没来得及讲一个山野孤儿是如何长大的。那还不是一个重视怀念的岁月，一切都被裹挟着奔向前，前方充满希望。当我活到父亲求学时的年纪，当我也有了儿子，关于过往，我发现我也无法讲述。一切都在动荡、剧变中，一个父亲如何给儿子讲述不确定的事物？所以，当儿时的我翻看父亲读书时的笔记，一路路认真的字迹，连成他的长征路。但父亲那时或许是慌乱的，他其实不知道自己的路通向何方，所以他让自己更认真、更努力，每落下一步，都更坚实些。

父亲落在纸上的字俊秀硬朗，在还属于纸和笔的慢时代，父亲活得清晰而坚定。父亲的成绩优异，我曾翻出一个小小的塑料红皮本，里面写着成绩：98分。毕业后，父亲留在小城中甸教书、生活，一生都与长征路羁绊纠缠。他看着长征路成长，看到的是自己的影子，还是像看着他的两个儿子长大？

时间一天天、一年年过去,在庸常无声的时间里,一些人世间的炎症,悄悄引起了内心的质变。父亲被困在了时间里,困顿、迷茫、孤单,他开始变得固执而易怒。不知道他的长征路是什么时候停止了征程,而什么时候遗失了父亲的笔记,我没有察觉。在时光逆旅里,我们都是丢三落四的人。我们是怎样舍弃的?在我们试图回忆之前,我们很早就开始舍弃了。记录着父亲心路的笔记,丢弃在路边,一场雨,俊朗的字被雨水打湿,墨水洇开,模糊成一片,奋斗人生无迹可寻。

长征路也在我身上。1984 年,我出生。万物生长,长征路也曾像孩童的我,瘦小单薄。在我出生的二十世纪八十年代,长征路和我手臂上青色的血管一样细,和我胸腔左侧的心跳一样弱。它曾是这片高原最细小的神经末梢,感知着从时代深处传来的震动。在我成长的二十世纪九十年代,长征路和我都是这片原野上的野孩子,下雨踩水,落雪撒欢,我们都是父母心头注满担忧的伤口。那时的长征路只是一条土路,而我时常将自己弄成一个土孩子。我和长征路都太瘦弱了,长征路像我骨节突出的脊椎,晴时扬尘、雨季泥泞,蓝色的长得像军车的解放牌卡车和绿色的砖头般的"4×4"吉普车咆哮着开过,而偶尔经过的一辆桑塔纳,带来的是路上最飘逸的风景。长征路两旁是瘦骨嶙峋的简易木板房,如我的肋骨。牛毛毡铺成的屋顶,薄薄一层皮包裹着人们冷暖自知的生活。我记得一个阴雨天,我在长征路一间木板房前逗留,那是一间小卖部,但门是锁着的。那时候你若要买东西,得先去其他什么地方叫老板来开门。我正盯着小卖部门口搭出的木板桥看,担心湿暗的泥会让我滑倒时,披着军大衣、戴着解放军军帽的老板来了,他打开门,里面漆黑阴冷。

从二十世纪九十年代开始,长征路明显地热闹、"粗壮"起来了,柏油路在夏天烈日暴晒下渗出黑色的沥青。长征路两旁的木板房被砖房代替,绿化带里种了常青的松树。2001年,中甸县更名为"香格里拉县",但长征路名字没有变,路上车水马龙,红绿灯、雕花护栏维持着繁忙的长征路的秩序。

我是沿着父亲来时的长征路离开小城的,2002年,我考上了云南师范大学。大学毕业后,我没有回到成长的香格里拉,我身边的长征路,也变成了他乡之路。

龙泉路

我是个在县城出生、成长、生活的人，如果下定义，那我是个"小县城人"。虽然现在我的出生地香格里拉和生活的丽江都是"市"了，但在本质上，都还只是县城。台湾作家骆以军说自己是个"省二代"，那我可以顺着话题说自己是"县城二代"。我几乎没有乡村生活的经验，逢年过节回故乡更像是个客人，不用干农活，亲戚还要杀鸡煮火腿招待我，临走时还要给我捎些土特产。她们边塞边对我说："城里面没有，带上吧。"

我的城市生活经验单薄，去过的城市也少，留下的城市印象多是些旅游风光和友情记忆。相对熟悉的是城镇生活。在香格里拉生活了十八年，2006年大学毕业后我到丽江工作生活，不觉间又已过去十五六年。日子，在哪里过，都是过些寻常时光，像茶，淡，不热烈、不鲜艳，回甘只在舌尖。每天与你产生交集的只是简单几条街、平凡几个人，"爱情确实让生活更加美丽"，可醉酒、驾驶、一日三餐，也让人疲惫。但就是这样的三点一线的生活，我们却将这空间称为——"城"。

大学四年是在昆明度过的。如果三餐无忧、四季无分的读书生活也算数，那昆明是我生活过的第一个城市。在那城市，与我发生密切交集的，是龙泉路的一小段。

毕业多年后，有一次听说龙泉路变成昆明路况最拥堵的道路之一，内心惊讶。我生活的小城从不堵车，我出生的小城都没有共享单车。堵车？那或许是大城市疼痛大过于荣耀的苦。我记得读书时龙泉路上拥挤的只是 84 路公交车。当然，平时不用开车，偶尔去云师大本部或市中心，自然不会在意龙泉路拥堵不拥堵。

不管怎样，我在城市生活了四年。这个说法其实有象征意味，我的城市生活只浮于表面：读书、恋爱、踢球寻乐、打架滋事，不用谋生，不必涉死，无法深触城市核心的爱恨痛痒。另一层象征意味来自地理空间，因为当时云师大龙泉路校区所在的城乡接合部岗头村，更像是一个荒蛮战场、巨大的工地，比我的小县城还混乱。原本属于乡野的一切，在这里被追杀。大学一年级时，中文系在六楼，每当我走神目光飘向窗外，远处灰蒙蒙的雾霾中楼宇隐约，像笨重的攻城机器。它们快要攻到这边来了。

龙泉路师大校区和财经学校中间还有一大片围起来的荒地，到我读大四时，已经填满了商铺小区。每天早晨六点，贪睡梦沉的大男孩被海浪般的车轮擦地声、刺耳的喇叭声碾压，仿佛一个遭遇海难的人被冲到孤岛岸边，昏迷中被海浪啪啪打脸。

我们常常在黄昏后走出校门，穿过那一小段龙泉路，像踩着火焰，脚步慌乱，内心涌动着热和渴。去网吧争霸、去赴一场酒，或者去度一个春宵。校门外一溜贴着长条白瓷砖的店铺，多是饭馆、烧烤店。人行道是路边摊的国度，只有夜晚降临才会升起烟雾的旗帜。再往前走，离开校园的范围，路两边，城中村的红砖楼房，狂草般向远处漫去。这里寄存着城中村的鲜艳和喧闹，沿街的店铺顶着遮阳棚，争艳添色：卤面馆、凉鸡米线、招待所、成人用品店……在"梦幻丽莎"发廊，阿珍爱上了阿强。成人用品店，里面有一万只被好奇害死的猫。便宜的旅馆亮着艳俗的红招牌，像被指甲刮红的皮肤，里面种着催开的花，让人心痒。

往城中村里走，渐渐安静。四处乱拉的电线让逼仄的空间变成了七巧板拼图，最后万蛇朝拜一样盘在某根电线杆上。廉租房铁门红漆黯淡，窗户罩着铁栏杆，栏杆里挂晒着衣裤，下面晾着鞋、放着塑料花盆。那些红砖房杂乱无序，露在外的红砖被雨水洗旧，被阳光晒老，毫不修饰地赤裸，与美感毫无关联，也让人担心它的现实漏风又渗凉。楼顶总有后来加建的突兀的简易房。修建得潦草野蛮、青面獠牙的简易房，砖和红砖房的砖不一样，有的用了青砖，有的用了更旧的红砖，看上去像是人额头的斑。屋顶的石棉瓦泛黑，有的铁皮屋顶露出苍白病态的蓝。楼顶上，太阳能水球寂静地挺立着，晾晒的衣服随着风摆动，乱放着的盆栽植物无法点亮红砖楼群里经久沉积的暮色。

大四时，同班好友考研，在岗头村里租了房，周末时常邀我们前去"把酒话乱麻"。我们先去岗头村农贸市场买些酒菜。真是稀奇，在一个高楼围剿的城市里，这个原汁原味的农村集市，像条漏网之鱼般活蹦乱跳，到处是水珠般溅开的叫卖声，四处乱窜的买主，简易摊铺上食物泛出鱼鳞般新鲜的光。买凉粉、猪头肉、炸洋芋、排骨，从清幽幽的大陶罐里打出苞谷酒……开始消磨长夜了，那时候胃口真好，不挑食，也不挑酒，上一句许巍，下一句王国维；分一口肉就是兄弟，干一杯酒就是江湖了。

毕业前，全班男生到岗头村一家百年老店牛肉馆聚餐，杯杯盏盏，碰碰跌跌，话语间旧仇多于离愁。百年老店也拆迁在即。一百年有多长呢？被放逐的故乡村庄时光缓慢得接近永恒，城镇和城市却永远在变，似乎没有什么能全身而退，没有什么能永垂不朽。到最后我们都像酒气那样散了。城中村里消磨的杯中时光，像昆明城在亢奋与忧伤间的一场醉，待日出后，露水蒸发，一切仿佛不曾存在过。去年路经龙泉路，高档楼盘密布，旧地重游已无旧地。84 路公交车倒是仍然在城市中穿行。有时候到昆明见到 84 路公交车，我多想再跳上去，多想它是时光列车，到"龙泉路师大校区站"下车，脚落地那一瞬间，我又变回了那个卷发浓密、牙齿整齐的大男孩。

福慧路

人生匆匆，异乡渐渐变成故乡，行色匆匆，最怕遇见的，就是知你过往、懂你心酸的人。你看着他也喝醉了。也只有喝醉，贴心的话，才过得了男人的口。你看着他郑重举杯。敬你。轻晃的酒、一片深海，眼神翻腾、两井岩浆。听他说："到一个地方，点一盏灯，兄弟要保重，也要常联系。"酒杯轻撞，你垂眼喝酒，辣酒往里，热泪奔外，都挡不住。挡不住的还有时间的洪流，在故乡和他乡，我们都成了异乡人。

　　到丽江生活快十五年了,快进到几年后,这里就会超过我成长的小城香格里拉,成为我居守最久的地方。前些年哥哥家建新房,我回香格里拉帮忙,开车去新城的建材市场,相似的街景竟让我迷路了。新城建起来的地方,曾是一幅油画:广阔的田地、草坝,蓝天白云下,田野小花一片,小河淌水。田地里种着青稞、蔓菁、洋芋、油菜,白色藏房隐在稀疏林间。后来这里建起楼房,遮住天边,我迷失其间。当我试着去地图上定位记忆,指南针乱颤,故人的钥匙无法打开新城门。记忆的肉身被填埋,无法附体,我只能是个落魄的魂,新城与旧鬼,隔着时间的忘川。很多年以前,父亲和他的故乡也是这样隔着忘川、隔着哽咽相望,如今,我和所有的故乡间,隔着一声长长远远的叹息。

　　丽江也是个小城。新城区的三横三竖六条主干道交错着,最繁华的地方,是紧挨着大研古城的民主路福慧路商业圈。这里是个魔幻现实主义的存在。我相信,我们虽然生活在同一个世界,但却处在不同的维度里。时空有异,我们的存在就有差别。一座城也是这样的,在民主路和福慧路交会处,聚集了一座城的多种不同时空。每次从这里路过,我都有一种时空旅行的科幻感。丽江大研古城,古典之城,带着青花瓷的细腻质地,成为许多人向往的诗和远方。距古城不到一百米的地方,是两座钢筋水泥、玻璃魔方般的现代建筑,名字响亮:国际购物广场。某某购物广场,你所生活的大城小城是不是也有这样一个异名同质的地方,大城市里常见,小城镇稀奇。对于小城丽江来说,国际购物广场,是一枝大城市的春天里嫁接来的樱花,它让丽江有了"城市感"。小城镇披上了大城市的魔法斗篷——星巴克、海底捞?稀奇了!我们丽江也有!

更妙的是,大研古城与国际购物广场之间,隔着华都商贸城。你所生活的大城小城也一定有、曾经有这样一个地方。它不似嘈杂的农村集市,不是时尚的购物广场,它光线黯淡、空间狭窄,密布的小间商铺并列、堆叠成一个盗梦空间。一件件仿制的绮梦,挂满商铺的内墙。

那是一间间什么样的梦呢?

有一间梦贴着女生的私处,她红着脸、眼神躲闪地挑选着花纹精美、颜色柔和的内衣。当她的手触到柔软的面料,一下便被吸到另一间梦境里。那间梦,窗帘紧掩,灯光柔和,女孩穿上内衣裤,冷着脸、眼神高傲,对着镜子转动着身体,弧线饱满。一个男孩站在一间外贸鞋店里,指尖抚过一双仿真球鞋的硕大标志,他也潜进另一间梦、梦中之梦里。梦里球赛焦灼,他得球果断变向猛突,在三分线处急停甩掉防守队员,高高跃起压哨出手。球进了。还有的梦,花色繁杂,样式老旧,这间梦属于老母亲以及她们对春天的贫乏想象,她们想让枯萎的花枝再次开出艳丽纷繁的花,一开就是一片。所以,你可以看到厚实、纷艳的老人服饰挂满墙壁。甲醛味、油烟味、煤气味、炭火味充斥在这里,毕竟这梦里还有七十二家房客,他们口音陌生、神情狡黠,运送着来自陌生城市暗处薄薄的梦。

曾经在两条江水交汇处看到奇妙景象,交汇处一边浑黄,一边碧绿,颜色分明。在丽江福慧路和民主路交会的地段,同一时空,一个城的三种时态并列于此。大研古城——农耕、马帮岁月在大地上缓慢隆起的温暖明珠,一砖一瓦、一树一桥,带着古典韵味,承载着人们对过去清雅诗词年代的念想和回忆;国际购物广场,像电影《终结者》里从未来回到现在的机器人杀手,是从人类城市发展的一线逆时空传送到这里的,它前卫、时尚,正年轻,有些浮华,毫不掩饰自己的野心和欲望;夹在大研古城和国际购物广场之间的华都商贸城,在时态上则是介于两者之间,它在"城市长征"中掉队,落到了急切想要跟上城市步伐的城镇生活中。某一时期,它确实引领了城镇的风尚,它是繁华地、温柔乡,但又很快落伍了。它们中有的继续退,退向乡镇、农村,有的还在县城里负隅顽抗,在一些零散的钱币间觊觎、喘息。过去时、现在正在进行时、未来时,这就是小城生活的某一个切面,它呈现出某种慌乱的荒诞。我想,是这样的,我成长的、生活的小城,步履慌乱、神色慌张地模仿着大城市,纸醉金迷的浮华、捉襟见肘的狼狈,好吧,我知道,我们和它们都需要时间。

另一座相邻的小城发生地震,我发信息给相熟的朋友。他回说还好,只是他女儿吓得够呛。我问他,明知是在地震带上,怎么建那么高的楼。他无奈地回复,某专家说,城市化,没有高楼大厦怎么叫城市化,于是拼命建高楼。后来,只要听说哪里地震,我就会想起邻市的高楼。地震时,人在三十层高的楼上,会不会觉得自己是风筝?

北京路

我曾在北京待过四个多月,算来北京是我生活过的略有时日的城市了。但严格地说,我其实并没有在北京生活过。那时是去培训,食宿舒适、课程轻松,大把时光可以虚度,不用去挤早晚高峰,没有租房买房的焦虑,没买过菜生过火,也不用一路小跑一身大汗地接送小孩上学放学。没在那儿哭过、病过、死去又活来。梦想没在那儿破碎,酒杯倒是碎过几个。几场醉,几段忆,那段浮生里,我是云、野风、水中艳影,都没有根。

但有些记忆会悄悄生根,带着醉意和香气。育慧南路上的红柳羊肉串,还有文学馆路那家地下酒馆,欠我一杯精酿啤酒。酒馆出售的"咖啡世涛",酒液黝黑,泡沫细密,香气浓郁,口感醇厚,像一管黑药水,能将独自买醉的老酒鬼渡向同样黝黑的心渊。

芍药居地铁站,通向另一个摆渡的世界。有时候,等待地铁到站的间隙,看着玻璃上模糊的影子发呆,毫无防备地会被一阵冲来的烈风袭得摇晃。恍惚间,觉得自己站在故乡的金沙江边,被卷着沙的江风刮得脸生疼。地铁和大江,哪一个入地更深?我把地铁看作是一条暗河,地面上的高楼街市,如同两岸的山野,在这里落下巨大的倒影。山野静默,河水倒映两岸的同时,也在急速流动。地铁里的每一个人都是一束江水,带着自身卷出的漩涡,内心翻卷地随着人流向前。无数来自幽暗河床的心绪,如气泡,泛起、升腾、成形、破碎、消失,仿佛从来没有存在过,人们依然一脸淡漠。有时候,我在陌生的地方才会自在。一个人来往,想事情,被自己的自言自语惊醒。走路也不用回头,不会被突然叫住,然后拼凑出热情寒暄。在我出生的小城香格里拉,和父母上街是很累的事,父母一路上都会遇到熟人,总要站着聊上半天,让我焦躁。

我和父辈、祖辈的天空不同,注定了不同的飞翔。我只想消失在沉默的人群里,而父辈、祖辈,他们积极地取得了这方水土、这方人的信任,活得安然自如,仿佛手里有一把钥匙,能打开这方时空的锁。到一个地方,点一盏灯,不仅要点灯,还要"取钥匙"。去德钦梅里雪山的路上,每每路经垭口或是煨桑时,藏族人会争先喊出:"格拉嗦啰。"那声音出自胸腔,被嗓管捏细,变得尖利,鹰一样冲出口,直窜云间。后来问藏族朋友,他说"格拉嗦啰"是在致敬神明,借道致谢。去雨崩前,要先到曲登阁村"取钥匙"。"取钥匙",多好的隐喻啊,取得一片山川的信任。纳西人也时常会拜山祭水,在魔幻与现实交织的村野,在神鬼暗淡的城镇,纳西人相信万物有灵,心怀敬畏,循着禁忌行事,小心翼翼,怕触怒神明,怕失去天地的信任。虽然在小城生活,有时候小孩莫名哭个不停,母亲便会试着泼一碗"水饭"。灵不灵验不知道,但在无奈间,也会带来一些安抚。

如今我们的"钥匙",是锁在柜子里的几份证明某物属于你的硬壳本子,是出行时的地图、导航软件、手机和手机里的各种二维码。生活在同一个世界,城市有不同时态,人也生活在不同层次。和一个丽江诗人聊天,他说他不知道怎么坐地铁,总感觉那里面幽深,像进迷宫不知道咒语。地铁其实是非常便捷的,但未知带来恐惧。我哥到昆明开会,我张牙舞爪、连比带画告诉他下动车走到哪儿进地铁站、怎么看标识、如何弄乘车码,便宜又快捷。我哥哼了一声:"麻烦!出站打车方便。"我想,哥哥是不是对不了解的新事物心怀恐惧,选择回避它,不想学习以适应新的节奏? 其实我也先进不到哪儿去,近两年才会用手机软件出行,才会坐地铁。我们生活的小城生活节奏缓慢,不需要太快的东西。

从丽江坐三小时动车到昆明,边疆人民出行已经是非常便捷了。带母亲到昆明检查身体,坐在明亮舒适的动车里,母亲又开始忆苦思甜。她说以前从中甸(香格里拉)回故乡,第一天从中甸坐车到桥头镇(虎跳峡镇),第二天坐车到丽江,第三天才能转车回到家。这都还得是在顺利买到票的情况下,不然时间更久。现在动车可真是太方便了。出昆明站,坐地铁二号线,沿着北京路(北京路、民主路、长征路,都根正苗红),一直到北市区。母亲以前到昆明旅游、看亲戚、体检,多数时候坐公交车。估计也舍不得打车。这次我教她坐地铁。下到入站口,手机刷二维码找出"乘车码"小程序。过安检,再调出"乘车码",注意乘车码一边是地铁的二维码,一边是公交车的。然后将二维码对准识别口,门就会打开,穿过闸机口就行。出站时,会生成新的二维码,识别,门开,出闸机口。地铁里有地图,看好方向,出站。

母亲照着做了。第二天又坐地铁,我过安检时拿背包慢了一拍,起身看到母亲拿着手机,点了几下,对准识别口,从容过闸机,过去之后回头看我。我看到她一脸得意,像小学生答对了问题,像她拿到了一小把这座城市的钥匙。

返乡路

去杭州。

从萧山机场坐大巴车到杭州城,一路张望,苏醒的江南,印象纷纷。

杭州是座怎样的城?有杯黄酒的绍兴、有颗木心的乌镇呢,这些漂游在桨声灯影里的城,都长着轻盈的人鱼尾?

当我坐着大巴进入杭州城,看到很多建筑呈现出疲惫的状态,墙面陈旧,斑痕清晰,像一个眼梢疲惫、白发隐约的中年女子,面容淡雅,内心幽幽。这样的城市反而让人安心亲切。景区之外,是属于杭州人生活着的,烟火气里的杭州城,虽然有岁月流过的痕迹,但她遵守着时间的规律,呈现本像,坦然接纳自己的皱纹、斑痕和白发。

有人说起广州,我还没去过的地方。朋友说,广州像个老人,城市显出老态。昆明算是一座比较新的城市了。有意思的是,我到过的很多县城、乡镇,城的模样都要比大城市新,而且新得多。很多城镇是崭新的。去泸沽湖经过的小县城、去虎跳峡停驻的小镇,楼房街道崭新、颜色样式统一,托那些峡谷江湖的福,这些有违自由美学原则的小城才会被记住。"只有一个颜色的海市蜃楼。"诗人如此形容它们。

脱贫攻坚,前些年没少下乡。我们单位挂钩帮扶的贫困村,在丽江宁蒗原始苍茫的大山深处,高寒偏远,却有着一个个对美好生活无限向往的好听名字:"翠玉""春东"。每次用汉语读出，像读"耶路撒冷"那样，充满金玉相碰的清脆乐感。第一次下乡时，我的身心都极不适应。我的父辈奋斗一生终于在城里扎下根，没想到，到我这一辈，竟然要"返乡"。内心无法接受这个事实，身体也在城镇干净的格子房里惯得有些娇气了。下乡路不好走，有一段几乎是贴着悬崖走，翻车下去，不是车祸，是空难。到村里，到处是灰，牛屎满路，屏住呼吸、踮着脚走。站在大山深处一家贫困户的木楞房门口，往里面偷看。虽然是白天，里面的黑暗浓厚。火塘烧着火，火烟升腾。木楞与木楞搭成的墙却有很大缝隙，墙只是象征意义上的墙，根本挡不住风。风从木缝里冲进来，带来呜呜声，刮得柔软的火烟四处惊走。这又是一个让我内心无法接受的事实，世间的富贵，圆润饱满，而贫穷是如此尖利冰冷。脱贫攻坚，真是一场必须打的攻坚硬仗啊。下乡当然也会遇到原始苍茫赠送的"实惠"。四月时去东波甸村扶贫，在车上看到弹石路四周杜鹃花一坡一坡开得无忌张狂，连我这样的男人都顶窗惊呼，激动不已。

中转的小镇叫"翠玉"，街面百来米长，竟然有 KTV 量贩店、5G 手机专卖店、购物广场、酒吧。这小镇正在去往城市的路上奔跑着，充斥着野蛮的向往。这是见怪不怪的事了。城镇向往着城市,那城市向往着什么呢?向往更大的城市?

　　或许你也关注到了,生活理念正悄悄发生着转变,一些思潮正悄悄影响着生活的理念和审美。"做一个有院子的人""返回乡野,亲近自然"诱惑着有"庭院情结"的人们,这些思潮在商业运作的推动下,吸引着人们回归乡野,"乡野田园梦",渐渐和"城市梦"一样,承载着人们对"向往的生活"的美好想象。我时常会关注房地产楼盘天花乱坠的广告语:"世外桃源梦,丽江中国院""雪景玲珑院墅""心有一愿,有个小院"……有个院子,清晨听鸟鸣,读书、喝茶、闲坐、幽居,小院朴素,有花就好。以前我们在乡村做着城市梦,现在又在城市做着田园梦。民宿的兴起也寄托了人们对院子、对自然的向往。民宿,借山取水,入眼即是风景,荷塘、湖泊、雪山、森林,当你打开窗,看见的不是看不见尽头的城市,心中的焦虑会不会得到一些舒缓,那一刻,你心中有没有心动,想有个面朝雪山的小院?但城市里寸土寸金,如何拥有小院?到乡野去吧,返乡,返回绿水青山,返回正在振兴的乡村。回到故乡,在旧庭院里重建新生活。乡村振兴,将会给乡野带来新的活力和生机。父辈们进城,到我这一辈,很多人都已经返回故乡生活了。我还知道很多人，已经在临近城市的乡村里租地、建一个小小的院子，种花、烧菜，围着火炉闲聊，听雨眠，在鸟鸣中醒来。

　　我又一次下乡了，2021 年是"扶贫攻坚与乡村振兴有效衔接"时期，我们单位负责的村子，列入了"美丽乡村建设示范点"。入户调查时，我看到对面的山包上住着一家独户，一条弯弯的入户路通向他的白房子。天光让水泥路反着淡淡的光，那路，像翅膀。

水的复数

很少写游记，觉得游记难写，古人字字珠玑，早已摹尽山水形神。后来，摩挲大地，寻觅中华，内心渐渐生出敬意，于是提笔，于纸上，游山河，念故人。

——题记

一

站在吐鲁番坎儿井的暗渠中，看着清澈的流水，我想起故乡老宅里的井。

十年前，老宅重建，我们决定填掉院中的井。往井里撒三把米，插入一根长管，静默片刻，填土。大地关了一扇窗，一颗星熄灭，井水回归地下的暗流。最终，井，成了老宅和昔时的句号。

井是什么时候挖的,不得而知。也没有人会觉得这是个问题。似乎在烟火人间里,有院子,就该有井;有村庄,也会有井;有市镇,就能循着人声找到饮水处。井就这样自然而然地出现在院子里,它寂静无声,连着地,倒映天,盛满阳光,也接住雨水。被太阳晒过的石头井沿,坐上去暖暖的,偶尔会有鸟雀虫蝶停在上面。井旁的苹果树每年长一截,叶密一寸,遮井的阴凉就高一段,也会暗一分。打下这口井时,原主人内心一定充满欣喜,一如我们埋井时,内心浸满静默。打下这口井的手艺人——无名的大地雕刻师,如今也无迹可寻。他是否在井底埋下了自己的信物,又或者在井沿的某颗石头上刻下自己的名字,好在回溯记忆时,借着他创造的朴实的艺术品,串联起走丢的岁月、迷失的四方。

对井,我没有太特殊的情结。在小县城学校大院长大,取水只需拧开水龙头。后来,我家院子里有了井,也只是用井水来浇花、冲洗庭院。井,并不是我们生活的必需物。在离乡的岁月里,它也未能成为乡愁的意象,以至于在回想时,我无法确定井的具体位置。记忆的行囊太浅,背不了一口深井。

在许多纳西族传统村落里,井虽然也远离了人们的日常生活，但仍旧带给人们心灵的抚慰。在金沙江边的吾木村，朋友带我去看村里的古井。吾木村东西南北方各有一口井。井是三眼井——自上而下，井分三池，泉水三叠。三池中间有槽，水顺次流下，上池饮用，中池洗菜，下池洗衣。三眼井在树荫里透出清凉，有树叶落在井中，村民会定期清理。朋友说，若吾木村有人离世，家人会先带上白米谷粒，分别撒到四口井中，代表逝者，回报自然山水的恩情。

云南建水古城，人们仍去古井取水，也仍有人用古井水来制作豆腐。去年出差到云南红河，适逢周末，就慕名前去建水古城走一遭。建水古称"临安"。这个"临安"并不是陆游笔下春雨初霁的"临安"，但也不妨碍建水怀有"小楼一夜听春雨，深巷明朝卖杏花"的古典诗意。午后悠闲，沿着树荫，踩着石板路，踱步到豆腐摊坐下，吃豆腐、喝散酒。吃饱喝足，又慢悠悠走到古井边，在寻常人家屋檐下寻一块地儿，坐下，看人来，看人去，看人挑水。水井四周常年潮湿。铺地的石板略微倾斜，并不积水，被水冲刷后，反而显得石板更干净透亮。井壁内侧有青苔，衬得晃动的水面光影如阴阳。挑水的人会带上一块白色纱布，盖在壶口，滤掉杂物。没有人唱歌吗？在宋代，凡有井水处即能歌柳永词。建水有古井，而我心里,有默念的《雨霖铃》。打水的人来了一拨又一拨,井水就一波又一波地晃动。看着起伏的井水,突然觉得自己的身心随着井水浮起又落下,整个城也随着井水落下又浮起。噢,摇摇晃晃的建水城。

据说建水城有一百二十八口古井,西门大板井、东井、小节井都很有名。你不必专门去寻找,某个不经意的转角,就会有一口井等着你。有些井,井口的石块被绳索磨出了光滑的凹槽,仿佛石头也软如玉。我一直觉得建水城是一座"建在井水上之城池"。丰沛的地下水汇聚成海,人们用挑水的绳索,将城楼、民居和古树像木桶一样拴在一起,城就这样晃晃荡荡地浮在地下水之上。为了保持城池的平衡,人们不断地从井里挑水,再把水分散到各处。有时,城西的人们挑多了井水,城东就会翘起来;有时南门的人家豆腐做得少了、用水少了,北门的人们就会感觉大地正在往下沉……正这样幻想着时,我抬头看了看天,又想:会不会有一条巨大隐形的绳索从九天之上垂下,左右摇摆,想用建水城打满人间的烟火和光阴。

世间有很多井,水井、油井、矿井、盐井,都关乎生存。十多年前我和朋友去梅里,后来去盐井一游。我喜欢范稳小说

《水乳大地》里对"桃花盐"和"泽仁达娃"的叙述。桃花盐关乎男女的爱情,爱情像澜沧江边的阳光和盐井的卤水。后来当我下到盐田边,盐像冰柱垂立,英雄美人的故事,没有人讲述,只回荡在山间。

2023年10月,我去参加中国作协在新疆乌鲁木齐举办的"中华民族一家亲"2023年全国多民族作家培训班。感恩文学,让我有机会跨过西部大片山川,从西南去往西北、从彩云之南奔赴新疆大地。

第一次到新疆。当"乌鲁木齐""吐鲁番"这些存于脑海多年的意象,从想象的云端附到了坚实的大地上,我才明白,读万卷书和行万里路是两种截然不同的生命体验。从乌鲁木齐到吐鲁番的路上,四个小时车程,途中极少遇到村庄。大片的戈壁让旅行的时光荒凉,枯黄的天山,衬得蓝天也苍白。天地苍茫,大地无尽,人的肉身、时间和想法是短暂而渺小的存在。在我的滇西北,在那片四山夹三江的狭长地区,我一直惊叹鬼斧神工造就的奇伟、瑰怪、非常之观。而在新疆,自然的广博和荒凉,带着辽阔、深邃的美,让人惊叹、让人静默。

吐鲁番是火洲,也是绿洲。对于吐鲁番的记忆,除了来自地理课本之外,还有一些幽凉的情绪。父亲曾来过炎热的吐鲁番。他还惦记着他的儿子喜欢吃葡萄干,不远千里将葡萄干带回滇西北的高寒小城。时隔多年,父亲去世,我也不再喜欢吃甜食。只是,当我坐在葡萄藤下回忆起父亲和他带回的葡萄干时,突发奇想:有没有人吃过火?如果火能吃,那味道一定是甜的。吐鲁番的葡萄,把火的甜和软吸进了自己的果肉里。

在吐鲁番的坎儿井里,我惊叹于另一种雕刻之力。

关于坎儿井,身处其中,只能动容:"地下长城""中国最长的地下河""古代三大工程之一""生命之泉"……天山的冰雪融水,浸入地下,人们开凿了一千五百多条引水的暗渠、一万七千多个通风取水的竖井。地下水在纵横交错、忽明忽暗的地下世界里流淌千里,再由地上的明渠汇聚至涝坝,灌溉绿洲,哺育人间。

后来查阅资料时,我看到一些坎儿井的航拍图。画面里,一个个坎儿井连成一条不规则的"项链",通往远方。那些圆井口大小相当,像大地的针眼。针眼之下,缝合的是世界上最大最复杂的地下水利工程。在生命与环境的对峙间,一代又一代将生命融于黑暗和沙石的挖井人,他们都是大地和水的雕刻师，他们将水雕刻成复数，将荒原雕刻为绿洲。清澈的水从门前流过，是他们白日里的梦、黑暗中的愿。庞大的地下水利工程，是"生命的雕刻"，但生命的雕刻，也要付出生命的代价。在黑暗的地底，靠一盏油灯照明，靠一截绳索拴住的木棍辨认方向，这地下长城，一定也有孟姜女般的悲歌在风沙和暗渠间回荡。有的坎儿井，爷爷年轻时开始挖，可能到孙子辈才能将沟渠通至家门。那么多时光、心力和生命，献祭在单调无尽的挖掘中。但为什么人们还甘心做这件苦事？我想，其中包含着他们对生命的理解，承接生命的美意，他们也要以无声赠予的方式，给他人以滋养。那是他们生命的意义。在山穷水险的三江并流地区，一队又一队的马帮在茶马古道上来回穿梭，从某种意义上说，他们是为那片山川那方人送去微弱而细小的滋养。滴水之恩当涌泉相报，人们载歌载舞地感恩生命。在吐鲁番绿洲，舞者为我们跳起欢快的舞蹈。鲜艳的服饰、悠扬的旋律、欢快的舞蹈，感染了在场的每一个人。那欢乐，就像是在戈壁遇见绿洲，在葡萄里遇到甜，在门口看到清水流动，歌颂的都是对生命的感恩。

　　历史的春秋之笔也曾在书写、雕刻。无意中听到坐在我前排的一位老师的谈话。她是新疆本地作家,她说:"新疆人民对林则徐是心怀感恩的。"我的耳朵竖了起来。虎门销烟的林则徐?后来查阅资料,才知道林则徐被贬新疆后,在新疆兴修水利、推动屯垦、勘察南疆,确实做了许多利国利民的好事。"新栽杨柳三千里,引得春风度玉关。"以残烛之躯,抬棺收复新疆的左宗棠的事迹也进入我的视野。如今,收复新疆时种下的柳树依然一岁一枯荣,当地人民称之为"左公柳"。

"明月出天山,苍茫云海间。"默念着李白的诗句,环顾广阔的天地,我想象着月出天山的情景。当明月倒映在一万七千多眼竖井里时,一口口井将幻化为大地上的星星,人类的群星闪耀,照亮绿洲的梦。

二

从新疆回云南,要往重庆中转。飞机飞行大约一个小时后,透过舷窗,我看到一大片连绵壮阔的雪山。在滇西北的三江并流区域,雪山众多,虽然陡峭,但多为独立的雪峰。连绵如海浪的雪山,我还是头一次见。当我努力从自己有限的地理知识储备中搜寻关于这片雪山的信息时，一片巨大的湖泊闯入眼帘。那湖美得如同一颗蓝眼泪。我推测山是祁连山，湖是青海湖。山川盛大而壮美，也养育出情感饱满而热烈的子民。怪不得《匈奴歌》里会流出幽怨的唱腔："亡我祁连山，使我六畜不蕃息。失我焉支山，使我妇女无颜色。"雄壮的群山也是忧郁的群山，我一个路过的人，都为这片惊心动魄的山水倾倒，那些将山和湖融进骨血的人，自然字句都见真心。

我说过，我曾是个笨拙的诗人，也曾写下有关"湖"的诗歌。

眼睛

在相爱的时候，冷嘎措满眼都是贡嘎的倒影

泸沽湖里海菜花藏住了星光

西湖，西子

如同心痛将落下美丽的疾病

我们隐约记起

作为大地上最明亮的柔软

那些湖泊，永远无法闭上眼睛

诗并不好，这我是知道的。但我所遇到的湖，都有着动人心魄的美。在云南，稍微大一点的湖，我们都把它命名为海：阳宗海、洱海、碧塔海、拉市海、纳帕海……深居内陆，我们在山川间热爱着远方的大海。云南天然高原湖泊众多，面积三十平方公里以上的湖泊有九个。我去过滇池、洱海、抚仙湖、程海、泸沽湖。阳宗海只是路过时远眺了几眼。滇池，则是我小时候坐船游览的。记得那时湖面漂着大片大片的水葫芦，船从水葫芦丛中穿过，搅起黑水和腥臭。现在的滇池在生态治理下，水质大大改善，湖水清澈，烟波浩渺，沙鸥翔集的冬日，游人如织。洱海是时常路过的。每次坐动车往返于丽江昆明间，洱海就在路上等你。看到苍山负雪、云漏斜晖，还是忍不住心动。程海在丽江永胜，湖边凤凰花红如火焰，程海平静得像美人的妆镜，只等天上的美人，坐到镜中常坐的地方。去属都湖时，香格里拉夜降大雪。走在湖边，整个人被大寒与安宁包裹，看着雪落湖心，想起痴绝的张岱写下的《湖心亭看雪》，进而想起西湖，想起苏轼。这茫茫大雪盖住空蒙的湖面，好一个"淡妆浓抹"。维西县的南极洛的湖星星点点,小而精致。去年沿着澜沧江一路奔驰,只为去奔赴见湖时的那一缕心颤。傈僳族人民尊重自然、爱护山水,南极洛保护得很好,向导们边走边捡垃圾。一方山水养一方人,一方人也会反哺这一方山水。

所有去过的湖,我最迷恋的还是泸沽湖。"迷恋"像一种渴,如同我迷恋的那一句诗:"把你的渴给我,把你淡水的眼睛给我。"

第一次去泸沽湖时是雨季,云雾压得很低,不见四周的山。雨时落时停。有山有水的地方,独具灵气,而人只是山水的聆听者。我们在湖边看雨听水,湖浪永不懈怠地拍向岸边。那水声是长条形的,一条又一条的水声并排着,织成网,网住痴人的耳朵和心梦,也网住鱼儿一样的雨滴。但所有的雨都是漏网之鱼,它们留下细密的甩尾声,逃进水里消失不见了。第二次去泸沽湖是冬季。白色的海鸥栖在水面上,像夏天的海菜花。夕阳照在远处的格姆山上,镀上一层橘红。湖水的蓝有一千种,风吹云动,瞬息万变,泸沽湖这只淡水的眼睛,藏起了世间所有的蓝。喜欢泸沽湖,还因为环湖而居的人们。在参观摩梭人博物馆时,一个轻灵的词从馆长多吉老师口中滑出,像条红色的鱼,从我眼前游过,弹弹尾巴就不见了。这个轻灵的词是"害羞"。多吉老师说摩梭人的文化里有一种特殊存在叫"害羞文化"。"害羞",多么生动的一个词啊。我都能听到这个词里泛起的波浪声,而湖边猪槽船上捞海菜花的摩梭姑娘,低头的温柔间,因为悠悠心事突袭而至,脸上漾起了潮红。倒影映在泸沽湖上。泸沽湖也是一个害羞的湖了。

泸沽湖边的摩梭村落,被称为"最后的女儿国"。摩梭母系文化,也为泸沽湖增添了许多柔情和神秘。后来去采访多吉老师,听他讲述害羞文化,才发现"害羞文化"其实涉及摩梭人生活中最朴实也最深沉的道德礼仪。习俗和礼仪,是另一种意义上的艺术,精雕细琢,晶莹而深刻。或许是柔美的泸沽湖和湖边的格姆山启发了摩梭人,雕刻出一个灵动而诗意的词,来承载博大复杂而又隐秘模糊的生存智慧。

泸沽湖边不仅有柔美的民谣,还有清脆的诗歌。第三次去泸沽湖,是去参加首届泸沽湖诗歌节,诗人们用韵脚和音律,雕山刻水,增添诗意。依旧是雨天,云雾罩着远山,雨滴敲碎湖镜。十六条猪槽船,将载着我们去往湖心,开启一场漂浮的诗歌朗诵会。撑着伞,但也是雨中人。猪槽船荡开海藻花,划进泸沽湖里。红、黄、蓝的船,一条跟着一条,像写在湖面上的诗句。又一次,我在毓秀的山水间,成为一名聆听者,那些诗句的小锤,在我耳膜轻轻地敲;那些诗意的鱼钩,诱着我游动的诗心。猪槽船无序地漂着,雨伞遮住了视野,好在雨声,降下细密透明的幕布。我听见有人在唱《小凉山很小》:"小凉山很小/只有我的声音那么大/刚好可以翻过山/应答母亲的呼唤。"我听见鲁若迪基在朗诵自己的诗《泸沽湖》:"学会走夜路,哼无字的歌。"一个轻扬的女声,开始朗诵吉狄马加的诗《自画像》:"风在黄昏的山冈/悄悄对孩子说话/风走了/远方有一个童话等着它""我不老的母亲/是土地上的歌手/一条深沉的河流。"那声音远远地飘过来,一瞬间,从天而降的雨滴变成了苍苍蒹葭。宛在水中央的伊人,声音高亢,她正在翻越她的凉山;她声音哽咽,因为她把泸沽湖噙在了唇齿间。

三

　　除了清明,口音是我与金沙江、与故乡为数不多的关联。口音也是我活于城市的破绽。我的喉管里刮出的"江边口音",带着鹅卵石的光滑以及一个高原小城的雪风。故乡一年一回,金沙江一年也只见一两面。清明时江水枯瘦,到江滩上捡鹅卵石。江水长流,鹅卵石一年一新。它们走了很远的路,在这里休息,像邮差,送来的信花纹各异,但都是报喜不报忧,只说相见欢,闭口不谈离别苦。金沙江边的村庄,也是一块块鹅卵石。村庄中的人日出而作、日落而息,江水和青山一岁一枯荣。新出生的孩子,人们会用江流为他命名:江平、江潮、江涛。我们相信金沙江会赐福给孩子。落江而死的亲人,七天之后会浮出江面。我们相信"逢七"是个命数。如果四十九天仍未找到逝亲,他将永远沉于江底。是的,金沙江只是千里长江的一小段江流,也包容着一切生一切死一切聚散,包容着我们最深沉的金沙般的悲喜。

多数时候,金沙江和沙鲁里山带着沉静的美,安静流淌,安静生长。故乡或许都是这样,充满着被忽略的寻常、被预见的日常,只有远离,才会清晰。所以,远方一直在呼唤。无序未知的美,在远方闪亮。我喜欢无序的美,它充满未知、不可复制,像云雨、江河、雪峰,像野马一样的山雾、石头的花纹和未卜的前路。这些美磅礴、硕大,也会细小、精微,它们属于山野,带着野性,向着自由。梭罗说:"野性是这个世俗世界的保留地。"我相信。我遇见它们,在我的旅途、神秘的休憩和另一种命运中。但大多数时间，我还是属于庸常与乏味，我在日常中行走、悲喜、病痛，并不会去寻找太多意义。我也喜欢在日常、无序的事物中寻找规则的美感。唐诗、宋词、青稞地、竖条纹的酒杯、《加州旅馆》里的吉他声、烟雨中的城市轮廓……有些美，会带给你细小的醉意。

我生命的属性，属于原野的部分，还是偏少。

去贡嘎雪山徒步。车从成都出发，沿着 318 国道，先要到康定。路上我见到两条大江，问向导，才知道是岷江和大渡河。那时候，一些凝固于脑海中的名词、故事，开始流动、立体，似乎是从天上落到了大地上，与我的世界融为一体。我的世界被新遇见的江流和山脉挤开了，变得更加阔大。从岷江岷山开始，自东而西，几条由北向南的江流、山脉起伏如海浪——岷江、大渡河、雅砻江、金沙江、澜沧江、怒江；岷山、邛崃山、大雪山、雀儿山和沙鲁里山、芒康山和云岭、他念他翁山和怒山、伯舒拉岭和高黎贡山——因山脉、江流阻断了东西交通，这一带山脉取名"横断山"。"横断山"的明确概念最早出现在《京师大学堂中国地理讲义》中，文中提及"迤南为岷山、为雪岭、为云岭，皆成自北而南之山脉，是谓横断山脉"。这一片区域，自西向东，七脉六江，被称为地球上最伟大的相聚。水的复数、山的重影,排布成了大地的阶梯。

水往低处流,水也有阶梯。第一次见到岷江,让我印象深刻,其中还有件趣事。去年带着母亲和孩子去成都,吃火锅、看熊猫,到此一游。后来去看小熊猫,然后再打车去都江堰。四川人民真是乐观健谈。那会儿正是饭点,我随口问:"师傅,都江堰市区有什么好吃的?"师傅说:"白果炖鸡,好吃,汤好喝。""白果是什么果?""银杏果,银杏的种子,圆圆的呢。""银杏果不是有毒吗,可以吃?""能吃能吃,我从小吃,拿来炖鸡一流。我有朋友开了一家正宗本地饭馆,我带你们去。但现在是饭点,人比较多,你吃完再打车去都江堰也会堵车。还隔着好几公里。大哥你动车票几点?""没买票的。""赶紧嘛,假期游客多。"我拿出手机买票,车票确实紧张,下午五点有站票。师傅自顾自说着,帮我计划行程:"先吃饭,我让老板给你们优先上菜。吃完我送你们去。但都江堰里面就一条路两座桥,没什么好看的。我有个表哥原先是导游,但现在没干了。他今天刚好有朋友来玩,准备去都江堰,再去都江堰上游的紫坪铺水库。那水库好大好漂亮的。你们要去可以一起,这个,收你们一百二十八一个人,小朋友就不用了。都江堰门票八十多,没意思。等看完我把你们送到车站去,保证不误车。"

作为一个从旅游城市丽江、香格里拉来的人,这几句话让我心生防备。但内心默默掐算了时间,觉得师傅计划得不错,该看的景点也看了,收费也不贵,来都来了,就决定跟着师傅走。白果炖鸡,吃了;市区里130吨的网红大熊猫雕塑,看了;紫坪铺水库,逛了,但最后,我们其实没有真正去到都江堰。我们只在南桥迎着江风,看了宝瓶口几眼。没真正看到都江堰,其实也并不遗憾。我相信我的所遇皆是机缘、都有因果。在南桥上,"野导"表哥情绪激动地指着宝瓶口为我们讲解都江堰的分水原理:两千多年前,蜀郡守李冰在此雕山刻水,凿玉垒山,开宝瓶口。宝瓶口上方、岷江中央,有个鱼状的堤坝叫金刚堤,堤坝顶端尖似鱼嘴,是第一个分水口,岷江在此一分为二:窄且深的内江和宽且浅的外江。宝瓶口左侧设飞沙堰排沙,宝瓶口控制水流量。岷江内江水进入宝瓶口后,过南桥,在天府源廊桥再次一分为二……那一瞬间,"水的复数"这个概念跳入我的脑海,并在我脑海中不断分流,一分二、二分四、四分八,最终分出千万条沟渠,润泽广阔的成都平原。

也正是这次计划之外的行程,让我在短暂的时间里,接触到了都江堰人民。他们热情中带着分寸，真诚中藏着狡黠，他们为自己是"天府之源"的人民而骄傲。人们用双手雕刻山川河泊，自然山水又塑造人们的品性。在紫坪铺水库，"野导"表哥看着深达百米的水库，突然说："这样的工程，造福四川，真心感谢党和国家。"他语气真诚，眼睛里流淌着奔涌的岷江。在水库下方的一座桥上观看大堤时，桥边坐着一个外国人，外国人身旁放着一辆自行车。"野导"表哥踱步过去，用英语问他是哪里来的。川蜀人民的松弛感和"自来熟"，真是让人哭笑不得。外国人用中文回答："巴基斯坦。"表哥"噢"了一声，伸出手和对方握手，说："中国的好哥们。"这会儿，他开始代表中国发声了。后来查阅紫坪铺水库的资料，才知道紫坪铺水库是国家西部大开发十大工程和四川省水利一号工程，成都的城市日常用水，就来自这里。无坝引水的都江堰，位置处在属于青藏高原的川西和成都平原的衔接处，相对落差达三千余米。黄河之水天上来，这巨大的落差，让岷江之水也来自天上。雪山融水和夏季雨水奔腾而下，汇聚在紫坪铺水库的大坝里，蓄水、发电。这里，就是一个水的阶梯。江水将沿着阶梯，走向远方。

在云南省德钦县地界的金沙江边参观旭龙水电站时，

听总工程师介绍说,旭龙水电站是金沙江上游"一库13级"水电规划的第12级水电站。那一瞬间,我脑海中出现了金沙江沿着高高低低的"阶梯"走到远方的画面。

"水的阶梯",是江水流往低处的阶梯和路途,也如上善之水,浸透我们的生活,为我们带来灵动的诗意。如果你到过丽江大研古城,就会见到三眼井。古城的井水清澈——好水如玉,好玉含水。井水从泉眼流出后,将从高到低依次流入三眼方正如砚台的井中,所以三眼井又有了另一个美称:三叠水。我一直在想,是谁第一个创造了三眼井?这天工开物,实用环保,还极具艺术的美感。这是一个微型的"水的阶梯",而众多巨型的"水的阶梯",出现在了金沙江上。

金沙江分为上、中、下游三个河段,每一段都建有水电站。在丽江的正北方,玉龙雪山矗立。玉龙雪山背后是哈巴雪山。两座雪山之间,金沙江在此穿过世界上落差最大的峡谷——虎跳峡——咆哮着流向东北方向。我的故乡拉马落距虎跳峡四十多公里。长久以来,这一段金沙江边流传着老虎跳过江心巨石后消失不见的传说,也流传着将要修建水电站的消息。后来查阅资料才知道,电站将修建在虎跳峡峡谷入口段,起名"龙盘水电站"。龙盘水电站只是金沙江中游众多的"水的阶梯"的其中一级。

金沙江中游将有八座巨型梯级水电站。前些年脱贫攻坚,我时常要下乡到宁蒗县翠玉乡。去翠玉乡会路过"阿海水电站"。这里是金沙江中游"一库八级"水电开发方案的第四个梯级,是以发电为主,兼顾防洪、灌溉等综合利用的水利枢纽工程。阿海水电站之后的金安桥、龙开口、鲁地拉也都是我熟悉的地方,在那里兴建的水电站均已投产。金沙江下游有四座水电站,也就是说,有四级水的阶梯。

明代纳西族木氏土司木靖,写有一首七律诗叫《雪山》,其中颔联意境开阔、气象非凡:"玉垒千年存古雪,金沙万里走波澜。"从青海玉树巴塘河口开始,金沙江穿行于青海、西藏、四川、云南之间,过四川宜宾岷江口之后开始称为"长江"。在这段漫长、蜿蜒、壮阔的奔流中,金沙江穿山越岭、波涛万里,养育着江岸子民的口音、性格和感情,也承载着一方人民的审美、理想与精神。同时,它也卷动着我对水的追逐和漫想。水的复数,无处不在。水的风骨和智慧,早已融入我们的生命。水"雕刻"着我们,而我们的雕刻——工程师建水电站或是我写散文——不过是借水的形神,搬运自然,审视人生。

四

玉龙雪山山顶的白雪和山脚下的柏树相恋了,为了能在一起,白雪化水,柏树落叶。雪和柏相聚在了一起。但落叶会枯,流水不停。为此,柏叶借心愿的精诚,化作小鱼,鱼水情深不分离。水向东流去,鱼儿紧紧追着水流走。一路上,雪水流过玉龙湖、古城的玉水河、洱海、长江,去往大海。鱼儿随水遇到了岩石、深谷、旱地和渔人。它们想方设法冲过难关,一同到达了东海。当鱼和水历尽千辛来到海底龙宫,他们的爱情感动了龙王。龙王将水化成白云,将鱼变作青龙,并用大风和大雨将他们送上了天宫。在天宫中,白云又幻化为明珠:"泉水变明珠,小鱼变青龙,星宿来围绕,一直上天宫。明珠和青龙,双双来相会,永远在一起,万古不分离。"

这是纳西族叙事长诗《鱼水相会》讲述的故事。在追逐的爱情里,白雪幻化成了流水、白云和明珠,而柏叶变幻为小鱼、青龙,最终,它们万古不分离。我为这个故事的奇幻动容,也为鱼水情深而感动。但感动无法弥补故事的漏洞——柔弱的水、瘦小的鱼,如何在忽略时间的漫游中,战胜坚硬的岩石、深谷、旱地和渔人?有时,爱情的盲目和孤勇,让旁观的人,也带着一厢情愿的祝福和异想天开的念力。梁祝化蝶,鹊桥相会,七月七日长生殿……爱情是一种浪漫柔软的世界观,但面对开天辟地的洪荒壮举,又反衬得文人的想象稚嫩笨拙。写出《鱼水相会》的人,是无法想象依凭人力就能开山堵水的。险峻高耸的长山大水千百年来阻隔了人们东奔西走的路。面对自然,曾经人们只能敬畏、顺从或是借力,再靠坚韧的人性和心力,滴水穿石地去轻微地雕刻自然山水。

曾经的人也无法想象,金沙江上建起一座水坝,就能生出照亮黑夜的光。难道是细碎的金沙汇聚成的光明?2024年9月,我以记者的身份参加了白鹤滩文学采风创作活动。金沙江下游、乌蒙山间的昭通市巧家县,我是第一次去。这次也是我第一次进入到水电站的内部。虽是夏季,金沙江水却碧绿、平静。当今世界在建规模最大、技术难度最高的水电工程白鹤滩水电站,收容了江水的怒意,在乌蒙高峡间蓄起一池平湖,映照着玉屏山和巧家城。桑田,沧海,巧家人在几度春秋之间,就见证了世事巨变,这一湖碧水、水的阶梯,就是时间的童话。沿着金沙江去往白鹤滩水电站,我看着平静的金沙江和两岸静默的山。散云淡雾栖在一架又一架的山梁上,山影重重,水墨无边。乌蒙山依旧将一架高过一架的重影推向远方,云色近淡远浓,山色远淡近浓,云影斜晖布出江山的明暗和刚柔。在滇西北,雪峰像匕首,锋利尖锐,而乌蒙山却身怀锯齿般的峰峦。一堵堵赤壁静立着,草树贴着悬崖生长,石壁黑白相间。如果云雨降下来,这山石,会很美。在金沙江中游的沙鲁里山,云是天上的诗人;在乌蒙山,石头是大地的画家。在滇西北的虎跳峡,山石巨大、立体。大石常落入江中,阻隔江水。乌蒙山的山石,却是一层一层垒在一起的。层层山石依着山势排布,像凡·高的画。

对于巧家人,曾经的白鹤滩只是一个地名。它和其他地名一样,是山川的刻度。如今,人们提到"白鹤滩",自然而然地会在后面加上"水电站"三个字。"白鹤滩水电站",这是乌蒙大地的新词。在马脖子观景台观看拦水坝,像看一幅简笔画。拦水坝两边不规则的、上下延伸的野性山体,被纵横简洁的、带着现代美的几何形体束住。阶梯形的坝坡、长方形的进水口,弧形的拦水大坝……大坝的水碧绿,风过微澜,左右岸各两组进水口，每组进水口有四个入口，野马般的江水像被束上缰绳，变为复数，在暗处飞流直下。从马脖子观景台到拦水大坝，要穿过幽深蜿蜒的隧道。在拦河大坝上，我们采访了三峡集团白鹤滩工程建设部的工作人员廖望阶。廖望阶，是个好名字——瞭望水的阶梯。命名意味着命运，或许他命运转动的齿轮，从一开始就注定要和这宏伟的水电站、和这金沙江的阶梯有关联。

廖老师为我们讲起另一个阶梯，时间的阶梯：1954年时，长江发大水，人们认识到对江河的治理是急迫且重要的。白鹤滩水电站的建设规划曾纳入我国第一个五年计划，但受限于当时的国力和技术水平，没有能够立刻建设。改革开放之后，中国在方方面面渐渐与世界接轨。2010年，开始筹建白鹤滩水电站，十二年的时间，电站建设者们克服了非常多的世界级技术难题，建成了白鹤滩水电站，而且整个水电站都是"中国制造"。"筑梦七十年，圆梦十二载。"廖老师感慨："白鹤滩水电站的建设凝聚了国家方方面面的科技专业人才，还有更多水电工人、普通建设者，用智慧还有勤劳的双手，造就了我们今天所看见的这个大国重器。"

大地的雕刻师们，"中国制造"创造出一个大国重器的宏伟轮廓和坚韧细节。外表阳刚俊伟的水电站,它内里其实充满柔美的女性力量。电站巨大而精微的机械,全都由女性建设者操作。在大坝上有七个颜色的操作间,被人们称为"七仙女"。电站内部重达三百多吨的水轮,一个手指轻轻一拨,就可以转动。太极拳四两拨千斤的借力之法,触处成圆,让江水一圈圈旋转,以圆形的鹤舞,换得水落、电出。

在电站的墙壁上,我看到一幅长江水系图。图的左上角有几个字:"世界最大清洁能源走廊。"通天河、金沙江、长江,江水一路蜿蜒东流。雅砻江、大渡河、岷江、嘉陵江、乌江、湘江、汉江、赣江……洞庭湖、鄱阳湖……长江带着井、河、湖、江的水,流向东。而从金沙江下游开始,乌东德、白鹤滩、向家坝、溪洛渡、三峡、葛洲坝等多座巨型电站,是水的阶梯,也是水的复数,让江水走走停停,去往大海。

是否所有的水都向往大海?我想,所有人的心都是向往着更广阔的世界的。让我惊讶的长诗《鱼水相会》里饱含着纳西族人对"海"的浪漫想象、对一个未知世界的构想。生活在"四山夹三江"的大地褶皱处的人,依然对"海"充满着向往,并用自己的独特审美构建出千里之外的海洋世界,对海的执迷,超出常识和想象。我浪漫的祖先——在雪峰之上体会浪涛,在深谷之中理解海潮,在长江第一湾的拐弯处体会洋流,在虎跳峡的深涧理解海啸。巨大的云影落在碧绿的金沙江上,像巨鲸游过;细小的雨滴落在沙鲁里山上,像飞鱼冲出海浪——他们以理解高山峡谷的方式来理解海洋,他们诗意地将山海相连,整个世界都是起伏的山脉,或者这个世界都是涌动的海洋,山脉只是凝固的海浪。

夏虫岂可语冰,关于"海",其实我没有什么能讲的。我没有"沉浸式"接触过大海,所以只能虚构大海。与海最亲近的接触,是2021年到浙江舟山参加三毛散文奖颁奖仪式,远远眺望过大海。目力有限,视线所及,海水并不是想象中的蔚蓝色。海水昏黄,带着历史的苍茫,像故乡的金沙江水。我从未走进大海,从未被咸咸的海水浸湿过。朋友说,在大海中,不论往哪个方向倒,最终你都会浮起来。我酸溜溜地回了她一个冷笑话:"你知道吗,虎跳峡禁止游泳。"我理解的"海"是文学的。关于"海"的文学描述,我喜欢三岛由纪夫《潮骚》里的句子:"他所听到的潮水的喧骚,是海里巨大的潮流和自己体内青春的血潮共同演奏的乐章。"噢,我的喧骚,是三江并流的山脉间雪峰的孤寂和江水的潮流,是所有人情感悲喜的一个音符。

但未知总让人充满期待，浪漫由此而生。在纳西族人的歌谣里，"海"其实是一种修辞，是一个实词。"海"不仅仅只是一个名词，它是一个形容词，充满着瑰丽的蓝色梦幻；它是一个动词，让远方回荡着迷人的涛声。"海"，还是一个量词，是我们对"水的复数"的最大体量的确定。当然，洋比海大，但它们之间的差别对我们来说并不重要。我们在意的是事物的虚实转化。所有的井、湖、江河、海洋，所有的"水"，在我们的生活里，其实是个"虚词"。在纳西语里，人们把"水"唤作"吉"——吉祥的"吉"，寓意美好。我应该去询问我的民族朋友，"水"在各个民族语言里，发什么音。我想，不论发什么音节，对水的内涵一定都是充满感恩的。

在白鹤滩采风时，我随着作家团去往巧家县茂租镇的鹦哥村。鹦哥村坐落在悬崖峭壁间，悬崖之下，是奔腾的金沙江。距离鹦哥大桥百多米的地方，是建在距江面两百六十米、横跨四百四十米的金沙江上的被称为"亚洲第一高溜"的溜索。高高的溜索、高高的桥。以前，鹦哥村村民出行只能通过"鹦哥溜"，如今鹦哥大桥连通了此岸彼岸，也连通了乌蒙山外面的世界。在鹦哥大桥上，我和昭通作家吕翼聊起他的作品《重器之基》。我问他："什么是重器之基？"他说，是人民。《重器之基》写的是为建白鹤滩水电站移民五万的故事。那一瞬间,我突然明白,水与人的关系,血肉相依。

水的复数,其实也是人的复数。

我在《山川盛大》里写到的那个多年未见、偶然相遇的发小,他的名字叫"江平"——金沙江风静水平、风调雨顺。我父亲的小名叫"金海",金光密布的海。我们的名字、村庄、城市,以"水"命名的数不胜数。汉字中有多少字是与水有关?面对还在不断生长的世界,我们无法给出确切的数字。但许多词,是我们生活的表象和内核,我们以水的方式看待世界。在中国人心里,最大的江河,或许是银河吧。宋人秦观写银河:"银汉迢迢暗度。"一个"暗"字,用得实在精妙,写尽了临水而思的明暗悲欢,那些思绪只可意会。最大的海,是人海。人海茫茫、人生海海,水是我们生命的一部分,而我们也早已是水的一部分。面对千万涌向我的水,我心潮澎湃,语言无法表达。水从所有的事物中浮现,在所有的事物中涌动。承接着水的美意和生机,我们每个人心里,其实都怀揣着一口井、一镜湖、一条江、一片海。行走在天地人间,下次遇到陌生的江河湖海,哪怕是一场将你淋湿的雨,也要记得心存诗意和感恩。

城市猜想

谁按下了快进键

我坐在公交车上。

小城丽江的公交车是一封到达、送达时间不详的信。车窗里的我，会像哪一个汉字，作为城市文本的微小部分，被细读或者被略过？

透过车窗，我也是一个城市阅读者。2路公交车从2007年的北门坡驶下，转两个弯便到玉缘桥。桥下是玉水河，河水带着两岸的倒影向南，悠悠穿过丽江古城。玉缘桥站原先没有站台，公交车招手即停，有乘客在玉缘桥上下车。在那里，我时常见到两个奇特的乘客。

两人五十开外年纪，四川口音，身材瘦小，衣着简朴。每次公交车快到，我透过车窗都看到男人夸张招手，生怕司机看不到他一般。随后他会转身向女人微笑,很开心的样子。女人也微笑。车停门开,男人先招呼其他乘客上车,然后将坐轮椅的女子环胸抱起,由于两人身量相当,男子向后仰着才能让瘫痪女人的脚不触地。上车,找座,安顿好女人,男人再下车,抬轮椅,放稳,回身投币,满脸堆笑地向司机致谢,向车里乘客点头致意,最后回到女子身边扶住她。平日里多是暴躁的公交司机,在这时平静而有耐心,他等到男人扶稳女人才继续开车。

那男女的举止并没有显出夫妻的亲昵,我推测他们是兄妹。我不知道他们要去何方做何事,但隔一段时间都会在2路车上遇见。后来,有很长一段时间,没见到他们。我看着车窗外流动的光景猜测他们的境遇。猜测总是流向忧心,毕竟人会老去。若有一天男人走不动了,无法抱起女人,他会用长茧的手轻拭女人的泪水吗?或者,在持续的昏暗和沉默间,用方言断续闲聊,聊聊故乡往事,让那些心底的人、等待他们的人,再活一次。

2019年,北京。地铁很快就来,两分钟一班。地铁来时,会有风。我听着风声,看着玻璃门上的叠影,有些恍惚:难道是风拉动、推动地铁疾驰?突然的静止生出突然的自我。在奔走的喘息和失神的间隙,我忘了来处和目的,甚至忘了我的等待。风有些冷。你无法想象,地表下原来有烈风奔跑。还有我无法想象的——城市用它向下的扩张延伸,获得了下坠的速度和力量。城市生活在地下被提速、成倍提速,是谁按下了快进键?

我曾在一个下午逛完北京的三里屯、王府井、天安门和北海。浩大的北京用几个蒙太奇的镜头剪接在一起,我在红墙朱门和时尚都会中随意穿越。对,"穿越"!只能是这个词,才能表达我的眩晕。

地铁上,都是奔波的人,面容笼统,行色匆匆。在高速运转的城市生活里,路人男女将各自的生活、记忆和宋体小四号加粗的心事编进电子邮件,出门时把邮件添加为"附件",鼠标移动到地铁某一条线路的某一站。然后,上地铁,等待"发送",等待自己被简化成二进制里的"0"和"1",光速般穿过电的甬道,瞬间抵达,快捷、完整、干净。只是,作为数码的你,必须完整,否则无法转换为有效的意义。我很少在地铁上看到身体残缺的人。小城丽江那对等车的男女坐地铁会怎样?在飞快涌上前的人流里、在地铁精确到秒的停顿间,他们行动缓慢艰难,像落水的人。

盘龙江还盖着夜色，我去赶两小时后昆明到北京的飞机。

到地铁站，显示屏提示——

"下一列车到达时间:8分钟。"

好慢。

玻璃柜与格子城市

2002年。上海太平洋百货。

当她仰头默数叠加的楼层时，重心偏离、云影飘移让她觉得高楼正在坍塌。一场山崩扑下来，凶猛地灌进她的脑海，记忆里的一朵小花被岩石层层覆盖，坠往时空深处成为岁月的遗产。在两个时空的碰撞间，1992年的昆明百货大楼如同陨落的恒星，某些回忆失去了光芒。

但它曾经那么鲜艳明亮温暖啊。初一暑假，母亲带着她和妹妹坐了三天的班车去看望在昆明培训的父亲。后来，她们去了昆明百货大楼，再后来，她们每次上昆明都要去那儿。

"里面多数东西都很贵，只敢飞快地看一眼，但好不容易到省城一次，也想带点儿东西回去。"她说。

我问："那……你去买钻石了？"

"是啊，买了一大把，还可以随便挑呢。"

"珍珠？"

她轻轻说："纽扣。"

"即使你穿上天的衣裳，我也要解开那些星星的纽扣。"这是芒克的诗，也是一个男孩粗糙的心事和被他忽略掉的精致。"买纽扣。"她说，"因为纽扣便宜，更重要的是你可以摸到它们。"

在昆明百货大楼一楼一个柜台前，一个女孩看着玻璃台面下的纽扣。她的双眼一定像两个太阳，射出炽热的光，一不小心就会熔掉那些漂亮纽扣。还好，各式各色的纽扣被一块厚玻璃保护着，分别放在玻璃小格里。她只能隔着玻璃敲点，轻轻敲，敲碎美梦唤醒它。售货员拿出纽扣放在台面上。她右手拈起一颗纽扣，平放在中指上，食指和无名指压住纽扣边缘，拇指轻缓地来回画圆。因为指间的汗水与体温，白色珍珠和链状金属包边多了些湿气和暖光，被唤醒的纽扣里流过一条春回的河。随后，她左手拿起另一颗两环细纹金属包边、中间隔着一圈黑色树脂的珍珠纽扣，目光在两颗纽扣间来回跳跃。第三、四颗纽扣纯色、简洁。她拿起一颗纯黑色珍珠扣,抚摸了一下,马上又拿起第四颗。上部哑光黄铜,下部珍珠白塑料的纽扣也没让她停留太久。最后一颗贝纹扣,右上角荡出墨迹。她轻轻抚摸着,像是在阅读来自沉默世界的金色盲文。

"为什么要抚摸?"

"母亲会织毛衣,我需要摸着纽扣想象一件衣裳。"

一颗纽扣,缝在一件漂亮的毛衣上,也缝在她青春的虚荣和城镇的外衣上,给她的生活带来喜悦和期待。城市是城镇的漂亮外衣。在她的讲述中,昆明城,仿佛在一颗纽扣里面。我想,她一定时常抚摸纽扣,走神,从一颗纽扣出发,一路回到城市,进入让人激动雀跃的现场。她摩挲着,想象着,让思绪穿过玻璃,去回放那些路过的鲜艳和斑斓。昆明百货大楼是昆明的一颗珍珠扣吧,精致、华贵;那翠湖就是贝纹扣,湖面的涟漪在纽扣上荡漾;镶嵌着老虎的那颗无疑就是圆通山动物园了。城市是人群的圆心。对于她,云南的圆心是昆明,昆明的圆心是昆明百货大楼,昆明百货大楼的圆心是一颗纽扣,纽扣在她拇指和食指的圆心间。那放着纽扣的漂亮柜台是昆明城的一张剪影, 让来客隔着玻璃观看、艳羡。街道是玻璃格子,商业区、住宅小区、广场、工厂,带着各自的颜色大小优劣,被一格一格分开。

人群也被分开了。

"那你在上海太平洋百货买纽扣了?"

"没有。我买了其他东西,作为礼物给自己,也给妹妹们。"

"买了什么?"

"美宝莲,唇膏。"她笑着说。

从此她擦唇膏时会想起上海。她将唇膏均匀涂抹,然后对着镜子噘噘嘴,做出亲吻的样子。她在亲吻那更遥远的城市,亲吻是最细腻、最渴望的抚摸。

为什么一定要去动物园

找到线头,就能拆掉整件毛衣?

线头一般出现在袖口、领口和毛衣下摆部。

那是入口。

"自龙泉路,经小菜园立交桥进入鼓楼路,到达北门;从一二一大街进入圆通北路,第四个路口右转,到达西北门;绕翠湖,过云南大学南门,经凌云路、丁字坡,到达西门;沿青年路向北,至圆通街交叉口,到达东门,即正门。"

这个寻宝路线，是昆明圆通山动物园的四种走法，是入口。

小时候父母每次带我们到昆明，动物园必去。刚上大学，几个好友商量去哪儿，动物园？走。后来假期带孩子去昆明，依旧是去全家"旅行必备良方"之动物园，并且时常会在动物园里遇到同事："这么巧啊。""是啊，带孩子来看看。"2015年到成都——成都动物园——是想听虎啸有没有四川口音，还是想看大熊猫是否吃泡椒竹笋？

当然，去动物园是没问题的，但——为什么总要去？动物园之遇就真这么巧？

一加一背后隐藏着一个哥德巴赫猜想……

去到城市，人潮车流涌动，复制的楼房起伏，向四周漫开去，又像是向我涌来。城市，如海，而我是落海的人，远处，一方船影慢慢驶近，那船，是否是诺亚方舟？

"那个无限蔓延的城市里，什么东西都有，可唯独没有尽头。"《海上钢琴师》讲述了某种真实的错觉：一座城甚至大于一片汪洋。大城市太广阔了，凭有限的目力无法看清城市庞大的边界和微小的脉动，高楼、道路和天桥，蛛网纵横，向四周延伸。不休的白天和不眠的夜晚也被连通，失去了轮回和停顿，城市进入极昼，像盏忘关的灯。流动的城市时刻都在生长、变形、组合，变化快于且大于我们的猜想，而对于某些人，城市只能是片段、掠影，惊叹迷茫之外，无法展开更长的抒情。

试探着向母亲问出我的疑惑，母亲的回答带着骄傲："带你们去见识一下嘛。"

见识，先见后识，那我需要先看什么呢？我想是看小县城没有的鲜艳和繁华吧。城市太让人激动了。我记得父亲时时盯着呆看的我，小声懊恼地喝骂："不要盯着看！"我站在商店外，橱窗透出店里的光景，又反照着窗外的风物。当我将目光收回，视线返回途中，与一个橱窗上的影像相遇。在渐渐定格、清晰的橱窗上，我看到自己的脸，带着痴傻，眼睛长着牙齿。我想看啊，想把城市拖入眼眶，想看清城市的毫厘和轮廓，贪婪的私心里，或许也想多看到一些裸露出的雪白肌肤。

我继续问母亲："到大城市看野生动物，不觉得诡异吗？"母亲的语气像苹果结在苹果树上："大城市才有嘛。"

"大城市才有。"城市拥有巨大的体量和能量，让许多奇迹和荒诞成立得合理且寻常。我们自然而然地认同野生动物园是大城市消遣的标配——王冠上的宝石、毛衣上编织的图案、近水楼台的月亮,而这一切成立的基础,是人群。

通往城市的路,去往人群。

城市的需求和审美来自人群,人群积淀了城市的根基、口音和体温,城市因人群而生出磁性,又以此吸引更多的人前来。无数去往城市的人中,有来自乡村和别座城市的人,也有小城镇来客。殊途,同归,这条路上载满风雪天光、渴望欲望,有歌声,有叹息,有开出花朵的梦想,也有碎梦的残片。

"没想过带我们去其他地方见识见识?"我故意问母亲。

追问像揭短,母亲被问得瞬间烦躁,反问我:"那去哪里呢?"

我也不知道,城市对于我同样是未知。通向罗马的大道,进了城被逼成了幽闭小路,甚至成为死角。我的父母一路摸索着从农村走到城镇,再一路节省地带着我们从滇西北小城香格里拉到大城市昆明一游,现在,我能体会他们内心的自豪和虚弱了。道路,意味着吸引接纳、距离阻隔的存在,路在脚下,但如何走才能真正走进城市、走到人群核心去?我们走出城镇,在城市的边缘徘徊,渴望进入又不知道往哪里走。好在城市有着巨大而醒目的路标。所以，我(我们？)对动物园的熟悉，既因为常去，又因为那是城市开放的入口。

动物园像节日的气球，鲜艳、廉价，吸引孩童的目光，体贴大人的心。它是眼神收容所，会让远方来客觉得安全而自在。在那里我可以肆无忌惮地看、笑、指指点点，戏谑地看猴看虎，放肆地拍打玻璃窗试探蟒蛇是死是活。我的目光被难耐的心火煮沸，滚烫地泛滥开，也把自己熔进去……我到了，到城市里了……

水族馆在圆通山动物园正门左边，进去要另买门票。

馆内阴暗潮湿。墙上有几个光亮的大窗口，不太干净的玻璃后你能看到几只脏脏的企鹅、几条热带鱼、一动不动的海龟。出口处的小池子里还有两头瘦小的海豹。这水族馆只是一块薄薄的浮冰。在浙江杭州极地海洋公园，我第一次看到海洋的"群星"。冰凉精美的海洋公园是被人海巨大浮力托起的一角冰山，但隔着明晰的玻璃，我总生出观看纪录片的虚妄感。

我向一个窗口里探看，近十米深的宽大水槽里，一头白鲸缓慢游动。水里的光线抑郁，白鲸孤独地游着，它是否唱着人类听不到的鲸歌,吞咽之间,哼出永远无法回去的海洋故乡。

在城市上写诗

他有一张昆明市城区地图,火车站附近旅行社赠送或是报刊亭廉价售卖的那种地图。

地图上画着些不规则的小圈、三角形和数字,密密麻麻,但并没有标注动物园、翠湖、大观楼,也没有标注昆明百货大楼、螺蛳湾、云南大学、云南师范大学或是某某小区。他标注的是什么?那些密码,一旦破解,就会找到他藏在梦境里的黄金。

他来自一片"黄金之地"。他和父亲在四月之前种下被称为"黄金叶"的烟草。"六月末到七月,大雨不停,一些烟叶在地里腐烂。短暂而疯狂的七月,烟叶肥厚,上天所赐的金银,我们已经得到一些。八月生育的空当,不要过多雨水,不要九月深入时,贬低烟草价值。"他将自己的青春典当给了金沙江边"凶险的静谧的富饶的荒凉的"烟草地,当烟叶金黄出炉,他向父亲讨要车费,要继续到城镇里播种金黄烟叶的美梦。但父亲拒绝了他。他向邻居借了二十元钱去往丽江,这个烟农的儿子、我的"老庚"、他自己的诗人,其实是个出走的人。他悄悄走出家门,小心提防着,怕关门时有人叫他的乳名。在夜色中到达丽江,为了马上寻得食宿,他只能在夜总会里找工作。我比他虚长一些,2005 年,当我在云南师范大学虚度着阳光灿烂的日子时,他披上一件锦衣,穿行于觥筹间。不知道夜的深处是更亮还是更暗,有些心事,比任何根都隐藏得深。

2007 年,有着烟草叶般敏感自尊的男孩离开丽江去往昆明。黄金梦仍在继续。如果说我走通往城市的路如同下跳棋,那么对于来自乡村的他来说则是在攀登天梯,他比我要多走一站,这一站,许多人要走一生。他像一棵烟草,把自己种在城市里。他不是游客,他是蟹居的租客。他的地图与工作有关。脱下锦衣,穿上制服,他成为某牛奶品牌的片区经理,骑着电动车穿梭在城市里,开发经销店和专卖店,将产品推进四处分散的生活街区里。

小区外的超市玻璃和内墙上贴着海报:蓝天白云绿草地,牛儿在远处悠闲吃草,衣着素净的明星手拿牛奶,四十五度角仰望远方。他在眺望的是关于你可以触及的美好生活,他在广告一种可能性——喝这牛奶,就能生活在充满感官韵味的舒适世界里。

在超市冰柜,你就能见到广告上的牛奶。如果你留心,还会发现附近有该牛奶品牌的专卖店,冰柜里放着瓶装或袋装的牛奶、酸奶、鲜奶、水果奶、炼乳、奶油、奶酪、奶粉,你可以挑选并买回家。如果你订了鲜奶,你家门口的牛奶箱里,每天会按时放着配送的鲜奶。牛奶就这样渗入你的生活。

一只蜘蛛要在一片"空"中织网,它在上风口吐出黏液。黏液遇空气凝结成柔韧的丝,飘荡、粘牢、加固后,蜘蛛从丝线中心坠下,固定好第三点。随后,从网心向外吐丝架框,再螺旋结网。蜘蛛建好了它的城市。烟草男孩也在建造自己的蛛网,圆形的经销店、三角形的专卖店,一个点又一个点,在他的地图上标注。地图很快被揉皱了,变得破旧,但他内心的地图每天都在更新。他每日奔波,熟悉了昆明的大街小巷。每个月都有几个三角形、圆圈在地图上画出,新街区被纳入地图。有时候有联合促销,烟草男孩会去到其他片区,把蜘蛛网织得更广阔。在牛奶的消耗中,城市的存在渐渐清晰,整个城市被他织出的蛛网勾连起来,这是大家的城市,也是他一个人的城市。在他的地图上,所有高楼大厦都是虚设,昆明城对于他是一张销售网、平面之城。

"蜘蛛侠。"我调侃他。

"嗯?"烟草男孩有些醉了。

"我说你是蜘蛛侠,卖牛奶的蜘蛛侠。"他笑了。

"苦活路。记得有一次骑着电动车跑业务,遇到暴雨……"他喝了口酒,停顿了一下:"……每一颗雨,都是疼的……"

城市的暴风雨同样猛烈。他说他还见证了更强烈的"暴风雨",无数楼房被推倒,瞬间建起更高的大厦,城市变高、变宽了。原本空旷的田野,烟草般长出一片片商品房,交织出一个巨大的黄金之梦。三环线新建的立交桥,仿佛是在梦里穿梭、回旋。那暴风雨掀动天地,昆明城,对去往它深处和蜗居其中的人来说,一时间,是一座惊呼之城。

烟草男孩的蛛网在惊呼之城捕捉到了什么?布下的蛛网捕捉到了城市人们的生活日常:基本的需求、细碎的花销、最本真的口舌之欲和最诚恳的喜恶。烟草男孩触到了这城市的基石、普通人的柴米。某个时刻,他在楼房拥挤、造型庸俗的城中村租的房子里,看着城市灯火,是否在想象未来的自己也能成为城市人群中的一个,有自己的蜗居,能从门口的箱子里取出鲜奶,回屋,进厨房,牛奶倒进锅,点火煮,等着,发呆,想起烟草地,大雨将至……牛奶潽出来了,他慌忙去吹……

卖牛奶的蜘蛛侠后来变成了钢铁侠,去推销摩托车配件,云南各地州都有他的足迹,他大概准备了一张"云南地图"。他真的有那样一张私人地图吗?上面勾勾画画都是他的心路,也许地图某个角落,还有几行他临时涂鸦的诗,那些幸福的闪电字迹潦草,但鲜活灵动。

他把烟草诗写在城市上。

衣服大一号

母亲伸出手,拇指和食指掐住衣服,搓了一下,然后收回手,装作随意地踱向前。

我跟在母亲身后,伸出手在母亲掐过的地方用力搓了一下——猝不及防的阻挡。我用力,指肚与布料之间有挫刮感,沉重、迟钝,像垫着圆木滚动石块。

母亲在另一件衣服前停下了,伸出手,又搓了一下。随后让老板取下衣服,叫哥哥和我过去"套"一下,看看合不合身。我费劲地钻进衣服里,探出头时脸有些烫。春天探出泥土的芽大概也有这嫩嫩的娇羞吧。母亲拉着我的手臂，看看正面，又看看背面，似乎是从正反两面验证她的判断。我装作拉袖子，加大力量，掐住衣袖用力搓。石块纹丝不动。

当时我站的地方，是昆明螺蛳湾商场。到昆明，父母有时会在这里给我们买一套新衣服。

我不知道为什么母亲总要搓衣服，她内心判断一件衣服好坏持着怎样的标尺？当我触到布料，只能感受到来自那个世界的沉默和顽固。一个沉默的世界，如何获得需要阐释的真理？或许，沉默和顽固就是母亲选择衣服的真理，毕竟两个儿子一直在长高，买大一号、厚实些的衣服，总有一天会合身。于是，我在大一号的衣裤里悄悄长大，身体里刮出的风，在空荡的衣裤间冲撞，我像一根细线强拉着宽大的风筝。小孩难当，得体谅家庭的拮据、父母的苦心，不合身的衣服又让我害羞委屈。那件大一号的衣服，反而让我看上去小了一号。

螺蛳湾里没有螺蛳，那里是衣山裤海，纽扣也挺多。但我只记得一些昏暗的轮廓，那个世界早已暗淡，失去光泽。我甚至无法在回想中为那些衣服着上颜色，为活在那里的人填上音容，它们只是黑灰，像褪色的门神。唯独闪亮在记忆中的是财神像,它有着艳俗、凝固的红。某天,当我为了去丽江古城口搭公交车而穿过商贸城时,新衣服上的甲醛味和炒菜的油烟气、密布的小间商铺和挂满衣服的墙壁(花色繁艳的老人衣装和收腰窄领的"韩流"服饰)、陌生新鲜的外地口音和音响里传出的震耳歌声,一一向我扑来。似曾相识中,螺蛳湾就这样从天附体了,像我试过的衣服,拉扯着套在了商贸城身上。

商贸城有别于农村集市和都会商厦,它堆积廉价的商品,满足一些人的审美和虚荣。有许多爱与渴望的故事在此发生——母亲计较地为自己的孩子买过年的新衣服,或者是某个节俭的中年男人来此购买20元一条的牛仔裤——雷同的情节,可能和我们大部分人的人生有相似之处,你在这里买过衣裤、仿品鞋、毛线、旅行箱。

对你我来说,这是个廉价的商场,对另一群人来说,这里是生活的现场。这里的人们卖着外来的商品,试着成为本地人,又无法真正成为本地人。你和他们讨价还价,互开玩笑,买完,你就离开。但他们住在那儿,成堆的衣鞋深处,有他们隐秘的生活。你能看到被油烟熏得油腻黝黑的木板灶台,一根橡胶管连着液化气罐。你能看到衣墙后的门或是悬在天花板上的胶合板房子,那是卧室,进而你可以想象卧室深处有张凌乱的床,粉色床单上花朵巨大的牡丹被一团被子压住了一半,露出的那一枝花,皱皱的。枕巾上有泛黄的口水渍——不规则的圆,被梦流放的岛屿。而在床的深处,某个私密的小铁盒里,藏着饮食男女渡夜的皮筏和风声。

商贸城旁,隔着一堵墙,是几栋现代化高楼组成的商业中心,商业中心让丽江看起来像一座城市,就像曾经的商贸城是丽江的骄傲,让无数乡村山野的人渴望着。我一直觉得这里是个戏剧化的场景,两种风格的建筑代表着城市发展的不同时态,并列在一起。商贸城是过去时,商业中心是小城的未来时。小城镇的现在,同时拥有了大城市的过去和未来两种时态,而小城镇生活的真实又是什么?

小城镇照着大城市的模样成长、化妆。作为城镇居民的我们生活在城市的雏形里,生活在模仿、不安分和向往追逐的落差里。城市是件大一号的衣服。丽江模仿昆明,丽江城是昆明城的雏形,而昆明又在模仿谁,又是哪一座更大城市的雏形?城镇与城市,像我和我大一号的衣服。

2009年,螺蛳湾商场搬迁。曾经生活在那里的人们,如今去了哪里?他们是我最早接触到的生活在昆明的人群,他们有没有从零售和批发的间隙找到入口，成为一个城市人？螺蛳湾旧址上建起了新兴的商业城，曾被时代搓了一下的地方，被抚平，又捏起一个大地的褶皱。我要如何搓动，才能找到一座城市从深处荡回的质感？

一件衣服，也需要空间给它尊严。昆明新螺蛳湾国际商贸城的平面图像一只飞蛾，反光的鳞片、蔓延的彩线、奇异的斑纹都是人造出来的。新螺蛳湾现在是座"城"，浙江义乌之后的中国第二大国际商贸城，我们慕名前往。在小菜园立交桥站坐 103 路公交车，一个小时十分钟到站。很多事都变了，大片玻璃，光洁地砖，衣服奢侈地享受大片留白的墙壁。但"搓"衣服的动作没有变，搓衣服的母亲开始为她的孙子买衣服，她的内心是否也像螺蛳湾发生了变迁？至少母亲开始注意衣服的品牌和款式。如果她提出买大一号的衣服，我得阻止她。但我发现我的担忧是多余的，儿子专挑大一号的外衣穿，说这样穿才有"范"儿。时间流过三代人，母亲、我、儿子和大一号衣服的恩怨，剧情戏剧性地反转。只是，我的害羞和忧心，在当时和现在都显得滑稽可笑。

儿子开始走上他通往城市的道路，街舞老师带他们到昆明参加比赛。老师说孩子们比赛的地点在大悦城，那地方曾是老螺蛳湾商场，家长可以自己找着去。我恍然，曾经感慨"物是人非"，现在"人非物也非"，事物的变化甚至要快过我们。我曾经徘徊的地方，儿子要在那里起舞，不知道儿子的舞步会不会正好踏在我曾经的脚印上。今年他十一岁，那年我也十一岁。不知道儿子站在舞台上时，脸上会不会有我在老螺蛳湾商场里试穿新衣、脑袋钻出领口时的羞赧。

我无法定位他的舞台在哪儿，曾经的螺蛳湾已经消失在我的城市地图上，只剩下记忆的遗骸散落在时间的断层里。我只能想象整个城市就是一座舞台、孩子们的舞台。以后他们会去往更大的城市、更大的舞台。出国已经是平常事情，他们可能会去午夜巴黎，去 City of stars 的洛杉矶，去布满石头的耶路撒冷，去人烟密集、由人们心灵协同施法造成的梦境布宜诺斯艾利斯……我对遥远城市的想象只能暂停在电影和书里，想象力匮乏。

有个开服装店的朋友，她时常从昆明飞往广州进货。广州于她是一座服装之城吧。2020 年，她在广州的朋友告诉她，衣服滞留成堆，如同垃圾。水不流动，会成为死海。

听了我的故事，朋友说她买衣服看一眼就能知道优劣。

我问她："不拍怎么知道西瓜熟不熟？不搓怎么知道衣

服的品质？"

"品质好的衣服，是皮肤。"

建一座心城

他说第一次去拉萨，是旅行。

第二次去，是逃。

他给我斟酒，我给他斟酒，啤酒泡沫连同心事，漫出他的杯口。我们干杯，大口地消耗着酒和夜，因为我们都知道，所能虚度的时间和奢侈，不多了。我和他在北京相遇。分别时是我先离开，回我的边陲小城。他让我悄悄地走，别张扬。我安静地离开，像个小偷，提防着，怕有人在背后叫我的名字。后来他也离开了北京。我知道他先回了甘肃老家，随后回到了拉萨，他把家安在早上起床就能看到晨曦照耀布达拉宫的地方。

我从小就认定，不到北京，不到天安门广场看升国旗，就不算真正意义上的中国人。所以，我一路向东，到昆明，再到北京。而他，却是一路向西。辗转颠沛，他去往他的城市，像鸟飞往它的群山。

向东、向西，南辕北辙的两个人心里的城市，天壤云泥。

他的城市，是一座坛城。

雅鲁藏布江边的白石，碾成细沙，染色、赐魂。燃香，念经。墨盒弹出白线勾勒出天圆地方的城，彩色的沙粒堆出火焰和莲花、圣城和宫殿，你和万物。堆出的坛城，你在其中又不在其中。

沿着他通往城市的道路，我记忆里的西藏，开始重新闪光。2012 年，我从成都乘坐火车去往拉萨，四十四个小时的路途漫长而单调，一秒无数次轮回，时间荒凉而缓慢。成都十字路口斑马线上向我涌来的红男绿女、变幻的色相，在高原只剩下天和地，近于静止的高处，易生虚妄。火车经过唐古拉山，朋友们惊呼着观看。现在，我隔着回忆看着当时远处的雪山。如果"沙"是构筑世界的基本元素，那雪山应该是白沙堆积成的，蓝天是青色的沙。几个白昼在旅途的夜里闪过，像你在大片黑暗里点起的一小团灯光。灯光，是黄色的沙吧。不知名的村庄灯光微弱，在无眠的夜，你的故乡是我的天涯。照在布达拉宫上的阳光，扎什伦布寺里的酥油灯光，大昭寺前磕长头的石块泛着月光的清冷，我看了它们很久。纳木措岸边有红色的石头，湖水一浪一浪地扑到岸边，如磕长头的人。雅鲁藏布江底有黑色的石头。黑色的沙？而你又是什么颜色的沙，经历世事，从指间洒下时，是否还保有最初纯净的白？

城市的猜想，是在内心的希望里预设一座城市。无法回避的事实是，我们都在奔向城市。读《耶路撒冷》，"到世界去"——到世界的大城市去。1994 年，在我还没有到过昆明时，北京人就已经在纽约了。那部电视剧我只记得几个情节，有个镜头是在理发店，理发师问音乐家："确定要剪掉辫子？"音乐家点点头，表情坚定而苍凉。他向往的城市最后改变了他。每个人都有自己的"城"缘和道路，只是有时候我们分不清是人成就了城，还是城成就了奔向它的人。

2018 年，我去云南红河。路向东南，将到达红河与南溪河交汇处，那里是河口。河口是一个渡口，我脚下的岸叫中国。清晨，我们站在桥头，看着对岸的人潮涌进河口。来自越南的商贩，戴着越南帽、斗笠，推着改装的自行车。自行车空车或者拉满货物。他们争先恐后地过桥，排队，等待边检。这是他们一天的开始，他们来回穿梭在桥两边，运送货物，像一个个血红细胞在运送氧气。这是他们的生活，对岸的中国是另一个世界。在河口的一个工厂里，我们采访一个爱笑的越南姑娘,她说一口流利的普通话。2009年,她来到河口,当时她还不会讲普通话,连比带画在一家餐馆找到工作,慢慢学习汉语。她说她喜欢中国古装电视剧,她先生是中国人,会留在这里很长时间。她向往的城市,就是河口。

一个1991年出生的越南华裔男孩站在镜头前略显拘谨,作为工厂培养的年轻人,他需要代表工厂与不懂汉语的越南工人沟通。被问到以后有什么打算,男孩用普通话回答,希望工厂越办越好,这样他就可以到更大的城市去看看。

我问他:"你希望到的更大的城市是哪里?"

他说:"到蒙自,到昆明。"

城市的风是折叠的

三十岁以后,与病痛的交集渐多。孩子多病,母亲年岁渐长,忽然有一天发现自己也会病重,需要手术。我们在内心里认定,大城市的医疗条件远远好过小城镇,惜命的心态推着我们汇入城市的疼痛。

医院是城市繁华皮囊下的一处炎症,红热、肿胀。坏死或治愈的细胞在痛处消长,人间的欢笑哭泣、冷漠悲悯在生死场交叠。钢铁水泥修建的城市也不能修得金刚不坏之身，病痛间，它也可以孕有肉身的伤感和忧心。

心为身役，我们通过病痛了解自己的身与心——疼痛是另一种触摸，在我们寂静时，它如观音的千手。伤口和炎症呼喊出疼痛，我们以此了解自己，由此，我们也可以从医院了解一座城市的明暗。

我站在云南省第一人民医院二号门诊楼的大厅里，要去七层的"耳鼻喉科"就诊。耳膜穿孔、听力渐失，我需要做耳膜修复手术。我随着人流挤上自动扶梯，扶梯上站满有心事的人。二层到了。随人流右后转弯，踩上去往三层的踏板。自动扶梯倾斜角度为三十度，二层与三层间，像一张折叠后的硬纸、折扇的局部。扶梯移动速度为 0.5 米 / 秒，10 秒左右到达第三层。我右后转弯，去往四层……五层……六层……每上一层，我都寻找标识牌，以验证内心的默数准确无误。如果不是来苏水味的提醒，这穿行的游戏会让我愉悦。这是一个空间的游戏，你一层层上升，经过许多等在人生转口的病痛。扶梯上挤满了人——你的前后左右、倾斜的上一层和下一层、与你相逆的对面扶梯上都是人。他们，或者说我们，静等着扶梯将自己送到就诊的楼层。我们来自各处，城市、镇子、乡村，带着各自忌讳的隐疾和惧怕的噩运，来到大城市的医院，在折叠的自动扶梯上等待着送往扑克牌般、有号数、被折叠的某一层。比如，第七层。

我们处在折叠的空间里。

城市是向上、折叠的。

女儿发烧四天了。住院吃药、输液都无效。家人商量着转院到昆明或者大理去，孩子生病可不能拖。

"昆明要预约，可能马上看不到医生。去大理吧，城市大一点儿，医疗条件应该比丽江好一些。"

到大理医学院附属医院，医生也要求马上住院。所有可有的检查再来一遍。我去医技楼预约拍胸片的号。在狭窄的大厅里，排队栏杆将空间分割成一个正逆并列的四方形迷宫。预约的人在一个水平面上折叠着，这是另一种折叠。

预约好，回病房。我坐上电梯去往十三层儿内科。白天，电梯总是拥挤。门关上，我在右侧墙上看到楼层提示："1F 监控中心 中心药房……3F 重症医学科 麻醉科……8F 心内科……14F 产科……16F 妇科……17F 内分泌科……21F 老年病科……"

病痛也是折叠的。老年病科是不是更接近天堂？

一间病房安排两个病童。某天下午，先是护士进进出出，在临床的柜子上摆满仪器。不久，一对年轻父母抱着一个婴孩冲进病房，神色焦急。婴儿是个女孩，七个月大。昏迷，父母呼唤无反应。心率140次/分，小便失禁，插氧气管无哭闹，抽血无反应，且血量不足、心跳骤停。女人哭。打三联针，心率129次/分。孩童昏迷一夜。早晨医生查房，瑞氏综合征，非死即残。救不救？救。做好心理准备。中午，心跳骤停。女人昏倒。医生心外按压，像在捏气球。屏住呼吸，不敢动。心率120次/分，松口气。护士通知我家换房，说影响救护。一小时后，楼道里突然传来哭声，持续很长时间。

哭笑、生死、聚散都在医院折叠，也在城市里折叠。十三层有个女婴走了，母亲长哭，父亲抱着凉去的小身体。在其他层，十二层或是十四层，可能有人治愈，笑着出院，还有人在病情的拉锯中，生死不明。

我到走廊一头透气，回去时看到那位施救的医生看着窗外发呆，他的手，是轻了一些还是重了一点儿？大理是个风城。窗外风很大，同样吹着远处林立的高楼。高楼一层层折叠着，也折叠着风。目光停在某一个窗户上，那后面是某个人的家，他的平淡油盐、日常爱恨都围在那，和其他千家万户一起,折叠进这座城市。

有几个朋友贷款在昆明买房。

"这么辛苦,为什么要去昆明买房?"我问。

"大城市教育、医疗、交通条件都比地州好啊。即使不住,也可以做投资。"

我们未到城市,已有折痕。

独钓人间雪

一

为什么一个人会在雪天,孤身前往寒江独钓?

少年时读《江雪》,倾心于那片孤绝清影。后来,年岁加深,人间事慢慢腌入心,渐渐尝出滋味的,却是那场亦真亦幻的垂钓。

逍遥风雪的独钓,暗劲无声的拔河。

雪落了许久,在一首五绝中,一落就是千山万径,一飘就是千年万月。身披蓑笠的柳宗元也垂钓了很久。似乎因为怀着这场浓雪,格律的天地愈发低暗,低暗得连读诗的人都被纷乱的雪片挤得睁不开眼;江山也因孕育而生机迟缓,隐了山径,绝鸟迹无人踪;而船影一叶连同船头的人,都在水墨江雪中暗淡成一枚瘦窄鱼漂——诗人将自己抛入江雪,如同大雪投往山川、细钩弹向寒江……

遁世?

我曾天真地想,一个人会赴江独钓,他一定怀有一颗遁世之心。他在远离人世喧嚣纠缠的自在中休憩,在另一种神秘命运中闪耀,留下清影,让世人艳羡效仿。他隐逸的身影,远离着人间,又像个鱼漂般钓着人间。

但真有这样的因果吗? 去往山野,就能寻得超然洒脱?

或许,寒江本就无鱼影,独钓也不为孤鱼。或许他什么也不想钓,只是任由鱼漂漂着,任由自己随江水一起荡着,和山和雪和水,比着沉默,赛着清醒。

独赴寒江,只为独处。

大雪裹衣般盖住天地,天地白茫,孤舟黯淡,雪无声下着,一阵紧过一阵。一切都归向沉寂。江面含雪凝滞,湿沉的渔线斜入江中,鱼漂似动非动。柳宗元握着鱼竿的手,成拳,一寸痛过一寸。

一定还有什么是醒着的,惊蛰而醒,在如钩的心上。柳宗元其实置身于另一场江雪和独钓中,他是垂钓者,是钩,是鱼,亦是江雪。那些覆盖他的雪花、游向他的灵鱼,并非来自隐逸山野。苏轼在清影落满天上宫阙的欢歌间,低眉沉吟的却是"何似在人间"。我想,柳宗元在寒江,独钓的也是他割舍不下的人间吧。他并没有遁离人间,纷扰的往事旧情反而让他在人间的悲欢中沉得更深更静。

几条江鱼的幻影在水中荡开了柳宗元的一生。

童年充实欢乐,青年得志进士及第,父亲和妻子相继去世,仕途遭贬,苦命天涯,亲朋尽死,苍老百岁……那些往事曾与他对峙,和他拔河,断肠事,哀绝诗,寻获与失落间,或许柳宗元早已将往事与心事、孤独与喧嚣、幻灭与真实合在一起。于他而言,这场寒江独钓似场无声的吊唁,吊唁千万繁华与千万孤独,吊唁逝世的亲朋和逝去的岁月,而他也为自己独钓着人间一味"单行"的药。

没有人知道,那场独钓是否有个结果,柳宗元并没有拉起鱼钩。他只是让线垂着,随江水荡着,被大雪隐着,在悠悠天地间听着自己细弱呼吸的沉浮。那场与人间与自己对峙的无声拔河,胜负或是和解,也已被那场江雪留白。

二

异乡人,你用什么做饵,在你独钓的江雪里?

清明时节,近乡情怯。

如同人在中年独自吞咽着忌日和生日,一些微酸的惧畏,石头一样顶着胃。

老中医开方,抚须思量着中药七情的"相畏"——半夏怕生姜——有时药性相抑,减轻毒副作用,才有疗效。这样的药理与人情,就在清明、故乡与我们间踟蹰着。

草药有七情。草木似人,善与毒,也贴合人心和五行。万物都有性有情,时间有黑白冷暖,山水分南北阴阳,雨滴有性别,石有三生,树分悲喜,坟,也有新旧。

清明那日,上坟添土。

扶正山石,撑起坟骨,沙土带着潮湿的新鲜覆上坟头。用手将沙土抚平,旧坟焕然一新,像新长的皮肤,像给父亲穿上了一件新衣服。这个念想让我莫名地高兴。但日光一晒,坟又旧了。

在故乡,已没有属于我的土地和房屋,只有收容父亲的一方小小的坟。坟在,好歹每年清明得回故乡一次。坟暂时由山石和沙土垒着,还没到立碑的时候,就这样荒着,没有任何对生的解释。但它像故乡抛下的鱼漂,在节气轮回的人间雪中,钓着我。

钓着父亲的鱼漂又是什么呢？

记忆稀薄的童年早晨，冬日阳光像冰霜一样凝着，给这世界描上一层淡淡金边。父亲在后院嫁接一棵梨树。那棵梨树是他在离开故乡到城镇安家多年后，春节回故乡嫁接的。那个上午，我看父亲锯树切枝，又寻来新枝插入树心，紧密绑扎。被塑料层层包裹的老树桩上露出一个细身子。那新枝来自另一棵梨树，父亲剪下它，嫁接到此。新枝会成为老树的一部分。

那时年轻的父亲或许不会想到，那枝嫁接的梨，其实就是他自己。他从金沙江边的故乡被嫁接到了严寒缺氧的高原小城中甸，而连接两地的盘山公路，像悠悠鱼线，小小村庄，似鱼漂。

父亲开始在城镇生活。在他的兄弟姐妹中他是唯一一个，像条脱钩的鱼。二十世纪八九十年代，交通不便，父亲很少回故乡。我不知道父亲如何疗愈他乡愁的胃痛，是否会常常幻听听到有乡音叫他的乳名"金海"？"相畏"的药都带着毒性。父亲在他独钓的江雪中，将异乡垂钓成我们的故乡，他却是我故乡的异乡人。而在越来越少回去的故乡，他一边热切地将自己融入血地的亲热熟络中，另一边，又或许不经意地展现自己活在城镇的殊胜与矜持。

每年夏秋,故乡会寄来梨桃。

那堆果子里一定有父亲嫁接的那一枝梨结下的果。

父亲挑出其中一颗,在胸前的衣服上擦了擦。黄里透红的果皮反出光泽——梨果偷偷含着一口晨曦和夕光,而更深更脆的夜,藏在果肉里,等你去咬开。在父亲不知道的时间里,故乡后院里那枝嫁接的梨,一直寂寂成长。它的根吸着金沙江水,树叶绊倒路过的风。每年花开的时候,梨花如雪。每年结的果,因为世人都闭口不谈分离,果汁微微酸。

在某些我看不到的时空里,那颗故乡抛来的梨被父亲拿在手里。

父亲一口一口慢慢嚼咽着梨。他不吐皮。最后,果核也放到嘴里含一含、噙一噙、咂一咂,咽下。

父亲这棵嫁接的梨树吃掉了一颗他嫁接的梨果。

一棵树结的果去到了另一棵树的身体里。

我能想象,梨在父亲手里像是在另一棵梨树的枝头。我看着梨一点点变小、一点点消失,颜色从黄红褪为青涩,肉身从"有"退回"无",然后,退成一朵花、乳名一样嫩的花。梨花再退,收起花冠,退成花蕾,树叶沿着脉络退回树枝深处,再将绿意退成汁液。一颗梨逆光阴的回归路,带着父亲回家了一次。父亲的胃病也被治愈了一分。

三

等雨的人,你也喜欢寂静听雪?

有一天女儿突然问我:你总是一个人坐在那里(书桌前),不孤单吗?

一道天光照在我身上。可听到"孤单"这个词从一个六岁的孩子口中说出,我的心紧了一下。她抛来的问号像鱼钩。

这么小,就懂得孤单了?懵懂的早慧,让人心疼。

我将目光投向女儿。她没有咬我投去的钩,滑向一边,自顾自玩耍。小鱼儿,漏网之鱼。但我咬在了自己抛出的钩上。她投向我的鱼钩,其实是我抛出的。

女儿大概无法理解,为什么父亲总是呆坐在书桌前,像鱼缸里睁眼睡觉的鱼。而从白日之梦中被召回的父亲,要么心不在焉,要么一脸怒容,像他书桌上的酒杯,时而空空,时而盛满烈酒。

在孩子的心里,有人陪着说话、玩耍、看她看到的惊奇,她就拥有全世界。《当世界年纪还小的时候》里说:"生活就是这么简单。每样东西只要弄明白自己做什么最容易就行了。"生活多简单,只是我们贪心又健忘。

女儿心生疑惑,并非想向世界寻求答案,她其实是在担心她沉默凝滞的父亲。她隐约觉得"孤单"这件事情对父亲有害。她怕孤单,也怕我孤单。所以,在我盘腿坐在书桌前独钓时,女儿会爬到书桌下玩耍。她说书桌下是她的"秘密基地",把我的台灯、石头、酒杯、书本搬下去做摆设,在两条桌腿间拉上透明胶带做门,把卡通贴纸贴满"天花板"。她热情地邀请我去她的秘密基地里玩,得意地展示她稚拙的作品。有时,她会从桌子下递来一张卡片,上面写着一道简单的数学题:"1+1=?"

我填下:2,递给她。

她又递给我,卡片上打了个钩,批分:100。

我浮夸地回应:"哇,谢谢小黄老师,我会继续努力的!"

女儿不会理解,她喜欢长久独坐的父亲正在以身试药,执迷于与"孤单"的"相杀",像两剂药,反复配比,试图治愈着什么。

酒是与我相杀的另一味药，另一个我。酒杯总在伸手可及的地方。银碗、瓷杯、黄铜杯、玻璃杯，酒杯……如同你我的肉身，有时易碎，有时耐久。我喜欢布考斯基《爱是地狱冥犬》里的句子："酒是连绵不断的血液，连绵不断的爱人。"但有一天，因为没有花瓶，我将一时兴起买来的水培春羽放入啤酒杯里养着，突然觉得世界可以有另一种喜悦和温柔。

世界还会偷偷藏下另一种温柔和喜悦。有时候出门多日回到家，书桌上石头、酒杯、水培植物会整齐地列队摆放着，一颗糖果在队伍最前方。这是女儿小小的甜心。她留着糖果，给我分享。她在等她的父亲，如谷物等着春雨。

是的，我时常盘腿坐在椅子上，像个独钓客，在纸上虚构江雪，虚构星辰大海、山河故人。

我也时常四处游走，见山见水。

我缺席了女儿的许多时光。

我不在家时，女儿会来到秘密基地独自玩耍。她懂得孤单了吗？她假装她木鱼一样敲一下响一声的父亲正呆坐在书桌前。她在听一场寂静的江雪。

卡片上，她写下数学题，探出手放在桌面上："2+2=？"

然后她又把卡片拿回，自己写上答案。

她和我说话:"你答对了,我给你打分。"

10000 分。

"谢谢小黄老师。"

她开始写字,把她认识的字都写了一遍。

写名字时她抱怨:"爸爸,你怎么给我起了一个笔画这么多的名字?"

"不喜欢吗?不要算了。"

"喜欢喜欢,我要的,就是太难写了。"她讨好。

"那给你改一个好写的名字吧?"

"什么名字好写呢?"

"黄一一。"

《昨日的美食》里一句突然冒出的台词让我潸然泪下。

电影里的人说:"父亲,就像是个认识的小偷。"

四

少年,你奔赴的江雪是否盛大如夏日?

飞过云阵,再闯过几条成都街道,我们到达一个叫"芳草地"的地方。

仿佛吴哥窟在等待朝圣者的独钓中寂寞欲睡，"芳草地"未露芬芳，红黑白灰的建筑，透出沉闷和疲乏。

但这里是少年的朝圣地。

少年所见和我所见并不同。他在另一场幻梦里。他遇到的每一个人，都带着韵脚；车鸣声声，单押、双押、三押；街道恢宏笔直地铺开，像"很燃"的快节奏。少年已经在心里说唱了，他用想象为他的圣地镀上了柔美的光辉和幽远的故事。

对我来说，少年的圣地———就是一个老旧的住宅小区……

儿子说有一个叫"芳草地"的地方，在成都，假期想去看看。说唱歌手把"芳草地"入了歌词，一个少年入了心。儿子是有说唱梦的，那梦悄悄的，但也掩不住。因为这个歌词里的地方，我们几个"高原牦牛"跳进成都的火锅天气烫得半熟、热个半死，这勇气，胜过太阳的热情。

大人的善意，或许就是不拆穿少年的梦想。我们也曾是做梦的少年，而梦，反正会自己醒。

成都地铁穿梭，幽暗与光亮如昼夜闪过。车窗倒影里我和儿子面容都模糊，但轮廓相似。江河日满，小麦渐熟，一晃眼儿子十四岁，眉眼长开，快有我高。

我十四岁时，脸颊还顶着两朵高原红，体育课排在末尾，穿一身宽大迷彩服（学校要求穿，母亲又特意买大了一号），活像个乱跑的仙人球。我带刺的青春，和女生说话会脸红，像是被自己刺到。

儿子沿着时间单行线追赶而来，我是不是该咬住中年抛下的鱼钩，放弃快抓不住的青春鱼尾？世界等待着年轻人。

中药有主辅之分，茯苓能补强黄芪，称作"相使"。父与子，两味共性的药，我是不是该安心去做一味辅药？

儿子的皮肤容易长痣，随我。痣约好般尽往脸上长。

小时候我曾有颗豌豆大的痣，长在右脸颊眼睛下方。一颗哭痣。

后来逛街，路遇摆摊的江湖术士，他见我就大声喊："小弟弟点痣了嘛。"一颗丑痣。

江湖术士的药里估计掺了硫酸，破开的皮肤许久不好，那颗哭痣又有冤情般阴魂不掉，最后心急的我撕下了它。一个血洞。到现在，那颗痣曾顽抗的地方，摸着仍有疤痕的触感。一个遗址。遗留了一个男孩为以毫米计算的自尊心开战的小小战场。

今年去祛痣，用植物精油，不留疤。点上药，皮落痣出，微微痛。我照镜子，看着额头、脸颊、脖子上突出的痣群像北斗七星，心想这符咒是把什么凶神恶魔封印在我身体里了啊。

后来儿子主动要我带他去祛痣。

满天星，十三颗。

上完药，儿子整张脸红肿，像遭蜂叮。他问我："要多久才能好？"

遗传来的以毫米计的自尊心作祟，他担心自己不好看。我听出他的担忧，安抚他："伤口也需要时间。"

泪痣去掉了，但眼泪是去不掉的。我是个爱哭的人。儿子小学毕业那天，我去接他。老师站在大门口与学生一一拥抱告别。我站在稍远的地方，举着手机边录视频边看。有学生笑着出门，有的一脸平静，当儿子进入视频时，已经是个泪人了。一瞬间，我的泪马上就溢满眼眶。儿子仿佛是我掉落的哭痣，钓着我的泪腺。我看向别处，不敢看他。

我曾写过"总是一脸怒容的父亲"，现在回想起来，我父亲其实也极易落泪，而且他脸上也有颗显眼的痣。三代人，在人间雪的堆叠里，痣如鱼漂，眼泪似线，垂钓着传世的心性。

有一天儿子突然认真地和我讲起他的心事：他和同学间的摩擦以及盘旋于心的幽暗情绪。言语间，我察觉这是件难缠的事。虽然是少年，但没有比人情更耗心的事了。凝视深渊片刻，我选择躲开了话题。一个父亲害怕听到儿子的心事，这像个笑话，又笑到伤心。

李安的《饮食男女》中有句话："彼此顾忌，才是家的意义。"我想，中年独钓的人间雪里，"顾""忌"二字最难拿捏分寸。曾经，我习惯从父亲脸上推断悲欢，光阴轮转，惯性仍在，现在，我开始在儿子脸上推测喜怒。

我父亲也曾在猜测顾忌间推断我的喜怒吗？

大学时，牛仔裤磨破了膝盖处，我没舍得扔，假期穿回了家。某日晚饭，已有醉意的父亲在我身边坐下，突然推了我的膝盖一把，怨怪地说："破烂裤子不要穿出来。"这大概是父亲揣测儿子喜怒，纠结许久才选择的交涉方式，委婉地保留了体面，又避免了可以预见的冲突。

后来，当儿子用沉默与我坚硬地对抗，我突然体会到当时我父亲无力又愤怒的心境。

压抑蓄积于心，导致我做了一场梦。

梦到多次催促儿子去做某事未果后，我拿起拖把向他打去。一场让人精疲力尽的梦。父辈的威严和亲和无法继承，我也得靠梦的绵力和巧劲儿来消解与儿子的冲突。

马尔克斯说，人意识到变老，是发现开始长得像父亲。我在等我的父亲。到预言里的某一天，我将与父亲重逢、重合。只是我想我不应该再写我的父亲了，该让他安息。

我也在等待儿子。

张枣给他的儿子写诗："在你身上，我继续等我。"

五

行者，你的心猿是否已悟空？

近年开始喜欢旅行，去看看陌生山川，行水坐云，与自己较劲。也借着行走，以身体为坐标去确定精神的地图。

去舟山，钱塘江入海口，海水黄黄。去贡嘎，不见雪山，被雨淋透，也模糊地知道了大渡河和岷江的位置。去兰州和银川，看到不一样的黄河。兰州沙尘盖天，是否有人在桥下偷偷垂钓？银川的黄河湾真美，钓住了夕阳，夕阳醉了，它垂下光线，独钓着宁夏的银川。

路途中会遇到陌生同伴。有意思的是,很多向野之人,话语中讲的却是人间事,家庭、事业、理想、旅行的意义。去见山,却带着人世的惯性,多可惜。人情、药性相通,中药七情中有"相恶"一说,人参恶莱菔子,配在一起,削弱了药效。

几天的旅程,很快大家都会人以群分,表面和气,内心壁垒。我叹息。我不清高,也不能免俗。我的俗气在另一侧面,只是想认真走路,去看一眼雪山。逢人不说人间事,便是人间无事人,多难得。

即使是独自徒步,也得遇到人。毕竟山道只有一条。我又陷入一场无声的拔河中,内心生出人间的焦虑。加速,喘粗气,尽快超过他们,好安静走路、看云。

独自徒步虎跳峡,谷底扑来江水的隆隆虎啸。第一段路程从阿里山客栈到纳西雅阁,中间看错路标,一度置身险境。爬"二十四道拐"时,为了超过旁人,我在连续爬升中加速,双腿有抽筋迹象。我取掉护膝,心里生出担忧:这是第二段行程。

好在很快到达垭口,接下来是一段是平缓窄路。平路两边很多细竹,谷底金沙江是山外的人间垂过来的渔线。我独赴的"江雪"翠绿无边。

　　身心放松下来,大概也放松了戒备,有一瞬间,我念及母亲。母亲说家中的门,锁不紧,风大时,像有人撞门,让她害怕。

　　母亲今年六十二岁,早过了不惑知天的年纪,世事该如暑天的炎热慢慢退散了。让我没想到的是,让她害怕的事物一直在。小时怕黑,青年怕病,中年惧失亲,老年畏死亡,自顾不暇间她却还分心为我忧虑。纳西人有句古话:儿子牵挂母亲,是一根细绳;母亲牵挂儿子,是一条大路。这条路,母亲大概一直会走到黑,走到头。有一回,我将牛排省下给儿子女儿,曾经那个省嘴给两个儿子的母亲却让我也吃。她依旧偏心他的儿子。以前母亲希望我出人头地,当教育局局长。那时当老师的母亲觉得教育局局长是很大很大的荣耀了。等我成人,她只希望我好好吃饭,早些睡,少喝酒,不要像父亲。她的愿望越来越小、越来越朴素,她的恐惧也越来越小、越来越多、越来越顽固。在我不知道的黑夜,每当大风四起,门被撞得轰隆作响,像是撞在她心口上。母亲捏紧拳头,仿佛这样就能死死抵住被冲撞的门。待风停门静,隆隆声却越来越响,细细一听,是她自己的心跳声……

　　我突然悲伤起来。牵动了泪痣,眼泪泉流,止不住,湿了衣袖。我在山野，牵挂的也是人间事，母亲的忧惧钓着我，让山野丧失疗愈的药效。

我下意识地拿出墨镜戴上。四下其实寂静，我却怕遇到人。我们总是带着一个人间俗世行走，即使在荒野，也会被世俗的事与情紧箍咒般困着。

那一天那一段路，我戴着墨镜，无声流泪走了许久。

六

局外人，你是否听到雪中的寂寞在唱歌？

回故乡的缘由只剩两个：婚喜和丧葬。它们更像是两个连词，连接了模糊的故乡和他乡，连接着亲人相见的欢喜和生死两茫茫的忧思，也知趣地藏起了各自一别经年的颠沛、尘埃、心事和隐疾。最后，这两个词只是相见后的一声问候。

故乡在金沙江边，背靠着横断山脉中的沙鲁里山。二月间，村边的蜡梅开着花，枝丫枯沉、粉团柔软。春天经过梅花的红回到人间。春回大地、人回故乡，都该欢喜而庄重。

亲人们相见，彼此都循着记忆的渔线，确认着对方的现下与上次一别有何不同：胖了瘦了老了，皱纹轻浅，头发落霜……或许真如博尔赫斯所言，"肉体只是时光，不停流逝的时光，你不过是每一个孤独的瞬息"，而在隔着分离的两个瞬息之间，我们的肉身像是山河信物，带着磨痕，只为印证一段逝去的行走。

这次相见是因为族中长辈去世。长辈是我父亲的堂兄，我要称呼他为"大爹"。

奔丧、守灵，送上祖坟。

等着吃饭时，堂姐突然坐到我身边来，说："有人说我俩长得很像。"说着，深深看我一眼，然后拿出手机，调成自拍模式，将我俩框入相机镜头。她边拍照边自语："我们俩不像啊，怎么有人说像呢？"

我看到相机里的自己一脸疲态。昨夜守灵，和堂哥喝酒到凌晨四点。

我说："越老越像嘛，兄弟姐妹们老了返祖就都一个样了。"

堂姐哂笑。笑声并不明亮。我们有着相似的忧惑。

去世的大爹在离世前已是八十七岁高龄。

问及死因，族人言语躲闪支吾。我只得到几个细节：村外桥下有个水塘、冬日、游泳、酒瓶、衣服折叠整齐放在岸边……按习俗，凶死的人是不能入祖坟的……我知道不能多问了，言语间被咽下的词意都是人间的默契和慈悲。

像一场江雪慢慢盖住一切，只留他一人独钓的淡影，大爹是从失去声音开始一点点失去世界的。渐渐失聪，他的世界开始延迟，寸寸钝去。后来他大概放弃了去咬人间抛来的鱼钩，只想做一条盲鱼，做一只聋掉的蝙蝠。

早些年春节回乡拜年，大家围坐在八仙桌前聊着浅淡家常。大爹大妈也坐在一边。多数时候他们木木地沉默着，像两个局外人。偶尔问大爹一些问题。大爹瞪大眼睛听着，似乎想靠眼睛盯紧那些狐狸般轻盈又狡猾的言语。费劲听清后，他粗声大气地回答几句话。他的世界因失聪失去了调整精度的准星。而他大概也渐渐失去了耐心，世界在他的坠落中从模糊到透明，他开始不理会那些被耳孔漏掉的世事和人情。特别是我大妈在前一年去世后，从亲人的言语中听闻大爹时常一个人在金沙江边疾走，大声叫他也不应答。

中药七情中，有"相反"这一情。世事有它的阴阳轮转，物极必反。一个深陷寂静之中的人，是否他的世界过于喧嚣而让他焦躁地疾走？一个脆弱胆小的人，却也会一反常态地狠绝，就像某次与父亲争吵，父亲愤愤地说，要把自己喝死一了百了。

情深不寿,慧极必伤,我该继续做一个冷淡的人,在我独钓的人间雪里。而我希望,那场属于父辈们的大雪最终将他们覆盖时,他们内心坦然而欣喜。

七

凡人,你需要多大的人间?

我的人间不大,一日三餐,四季轮回,五六个关心的人,七八种自娱的乐趣和恶习。不敢养猫狗了,世间离情有份额,不敢浪费太多。依然喜欢摆弄石头,也开始喜欢养绿色植物。早上起来先拿着喷壶对着植物滋滋滋喷水,凑近叶片老花眼般看刚长出的细小叶片。我喜欢苔藓,但苔藓不太好养。总是要保持潮湿的人和事物,不太好相处,我是知道我自己的,散步时会注意到田野里有一万种绿;逛菜市场,会莫名欣喜,瓜果菜蔬都胀满鲜艳水灵的诱人活力。九月,石榴和五味子都上市了,都能泡酒。

有一天,带着女儿去丽江古城三联书店里参加"《徐霞客游记》丽江共读会"。那天我们的收获都很多。我弄清了徐霞客与丽江的故事和情缘,得了两本书。女儿吃饱了免费提供的精致蛋糕。

活动结束后,从木府绕到忠义市场去开车。临近中午,就想着去忠义市场里吃碗米线才回家。忠义市场热闹,游客很多。吃米线的店集中在忠义市场靠里一角,大概这里租金相对便宜。

寻一家店,点好米线,坐下。太阳伞的阴凉罩着折叠木桌、塑料凳、纸杯、粗劣纸巾和铁茶罐、铁筷篓、铁水壶。四周是胡乱停放的电动车。麻雀并不怕人,敢飞到桌下啄食。

我注意到坐在我对桌那个人,是因为他边吃菜划饭边嘟囔着,说出的话时轻时重,表情时而可怜,时而凶狠。

宽脸、鹰钩鼻、胡子花白、皮肤粗糙黑红、戴一顶掉色的黑色太阳帽,穿一件迷彩军大衣。鞋是解放鞋,没穿袜子。他大概是做力气活儿的人。

不好意思总盯着人看,我转过视线看看麻雀,又偷偷看他。只见他起身拿着空碗念叨着慢腾腾踱进屋,出来时碗里盛满米饭。坐下。碟子里的青椒炒肉已经不多,他慢慢地把肉汤倒在米饭上,又起身,进屋,出来时碟子盛满炒肉。

他就这样边吃边自己念叨着。

米线上桌,我分给女儿一些。过了一会儿,我看到他碟子里的炒肉快没了。这一次,他端起盘子喝掉了油汤,赞叹一声:"啊。"我以为他吃饱了准备走,没想到他打着饱嗝儿,第三次添满了饭碗和菜碟。

有个认识他的人过来冲着他说了几句纳西话,大概是在打趣他。他也不抬头,眼睛盯着菜,回话从咀嚼间黏稠地传出。那人笑笑就走了。

我偷看着他把第三碗饭菜吃完。

他小时候肯定被饿过,我想。

他没注意到我在看他,他沉浸在另一个世界的情绪里。深陷于另一段记忆里的他,正一边吃饭一边安抚着躲在心灵深处的幼小受饿的自己,又愤愤地和与他抢饭让他挨饿的幻影争吵着。

他在与谁"相须相使",又在与谁"相恶相杀"?

付钱的时候,我看着对坐的人问老板:"他吃的是自助餐?"

老板热情回话:"十二块,不限量。"

他现在遇到一个管饱的人间,真好。

创建文明城市,单位执勤的街道在另一个地方:昭庆市场。同样杂乱、喧闹，菜市场该有的样子。

下午三四点，菜市场也会陷入疲惫的寂静中，番茄黄瓜红辣椒分类但凌乱地码成一堆，水灵的颜色也被日光炝得有些暗淡。肉铺老板们一只手拿着手机看，另一只手来回摆动一杆拴了塑料袋的竹竿，吓唬蚊蝇。油腻砧板上红红白白的肉，将会在夜晚热腾腾地端上桌。

那日执勤走到市场深处，遇到一个烤鱼摊。摊主正烤着鱼。一个食客呷着酒，另外两三个有酒的酒杯，等着人。鱼烤得焦黄，冒着微小油泡，油烟四散像场薄雪，带着烟火气和肉香味扑来。白嫩柔软的鱼肉已经在想象里破皮而出了。

见我多看了几眼，老板操着华坪口音说："老板，来条烤鱼？"

噢，他独钓的鱼快要咬钩了。鱼饵是一条鱼。

执勤快结束了，我拿矿泉水瓶到附近酒铺打了一斤青稞散酒，踱回到烤鱼摊。

"来条烤鱼。"

"好嘞，就这条先给你。"

"老板借个酒杯。"

"哎哟，同道中人，我也正喝着。"老板向我晃晃酒杯。

"同道中人"，像药性中"相须"的几味药，药性相似，配伍强效。

我用茶水和白酒洗净酒杯，又将酒杯擦净擦亮后，倒满酒。老板看了我一眼，没说什么，从铁架上一个紫砂锅里舀出一勺炖猪蹄，盛到我面前的碗里，说："先垫点儿热的，别见外。"

倒上酒，抿一口，酒淡，不是纯青稞酒。吃一口老板送的炖猪蹄，等着鱼。之前的食客已走。旁边配钥匙和卖蔬菜的老板先后围过来，拿起他们之前的酒杯喝着。看见他们喝完杯空，我给他们倒上青稞酒，开始吃鱼，和"同道中人"碰杯喝酒。大家都贪图这片刻的口舌之欲，围在一起浅饮慢嚼。

天下起了小雨。雨落到酒杯里。

下班归家的时段，菜市场里人渐渐多了，酒徒们散开各自忙活。

"忙活"，多生动的词。在滇西北的方言里，征询别人的问句"对不对""是不是"，被我们唤作"给活""活不活"。

"老板，鱼多少钱？"

"二十五，喝了你的酒，兄弟给二十就行。"

"不用不用,二十五,活不活?"我亮出付款码。

老板扫了一眼,笑着说:"活了。多谢。"

我喝尽最后一口酒,走进"活了"的人间如雪的烟雨里。

悟空

我有一块石头,捡自故乡村下金沙江边。每年春末,江水瘦,江滩露出,那些河床上的卵石,像江水遗下的脚印,密密地搁浅在江滩上。

江滩上的卵石每年都会有些不同。它们也在借水迁徙?

捡石头要看缘分。

每个人都有自己的石缘。

你会捡到"像你"的石头。

有一年带儿子到江边捡石头。那时儿子尚小,还心智懵懂。他从水中捞出一块有他手掌大的扁圆卵石递给我,问我:"这块石头好不好?"我接过卵石,半掌大小,颠一颠,沉手。洗净泥沙,一个黄月亮。卵石似放大镜,左右正反出奇地周正,中间微微凸起,弧坡舒缓饱满,黄铜底色与淡墨斑块在月面之上交融变幻。如梦似幻的颜色,给卵石镀着一层密沉未醒的混沌。

是块好石头。

再将石头浸入江水，捞出。冬日江水的清凉，给石头染上晶莹的冷色，像春夜的圆月。也只有夜色和水，才能唤醒石头沉醉的前世梦。

擦干石头上的江水，来回摩挲。轻抚婴儿的脸一般，给它抹匀人世的汗水、体温和爱意。再颠一颠。越发喜欢。这石头也是儿子的童心吧。多么奇妙的机缘，是人捡到了石头，还是石头在呼唤捡石的人，冥冥中，妙不可言。

我捡的那块石头，是在我准备离开江滩途中，它在潮湿的细沙中向我闪了一下——像是它叫了我一声，对我笑了一下，或是向我投来一个隔世的眼神。我将它从江沙中抠出。擦净细沙，握着颠了颠，那一瞬间，我像握着自己的心。

这颗卵石并不规整，第一印象觉得它像一颗心脏，上宽下尖，又似一张脸。石头上的斑纹呈带状分布，暗沉的绿色、青色、棕色的纹路，一圈一圈，涟漪般从波心荡开，触到岸又回溯，最终一圈湖青色将上方一块褐色石斑围成一个孤岛。

轻轻抚摸卵石，因油性足，便映出暖人的光亮。有些后天的刮痕、破损散落石身。而凹凸的肌理，让我渐渐看出一个人的眉眼：鼻梁、眼窝、半闭的眼以及一张属于石头的沉默的嘴。更妙的是，头顶有一圈清晰完整的刮痕，像一圈箍。

我给这块石头起名为"悟空"。

这块叫"悟空"的石头，对应着那只叫"悟空"的石猴。

我一直觉得，"一只叫悟空的猴子"，这是一个笑到伤心的故事。《道德经》里写着，"无名天地之始，有名万物之母"，无名便无状，有名即有形。受天真地秀日精月华，孕育仙胞迸裂产卵，最后见风化猴，一块自天地初辟便存在的无名石，跳过无有的龙门，有了名字，也有了形状，这才真正进入三界五行中，拥有人生。只是，造化含苦，一只坐不住、走不正、闲不下的暴躁易怒的石猴，却要去悟透虚静庄严的"一切皆空"。"悟空"，这是他一生的命题，也是我们一生的谜题。悟与执迷、愿意与不愿意的辗转吞咽间，领悟与舍弃，一如我们的人生，不思量，自难忘。

故事的开始与结局，像光和影，同根、随行。《西游记》开篇第一回最后处就早早埋下了伏笔："鸿蒙初辟原无姓，打破顽空须悟空。"只是在故事的开始，我们都急忙忙猴一般往后翻页，期待着花果山水帘洞美猴王齐天大圣孙悟空去降妖除魔，去斗、去战、去胜，而忘了看一看自己是不是那道跟随着孙悟空成长的影子。

好吧,这一次,就让我们再跟随石猴,再走一遭我们似慢实快的人生。只是这一次,我们要时不时停一停,看一看自己"相同的模糊的裸露的"带着激昂欢快落寞愤怒叹息的人生,是如何走到现在并走向未来的。

就从孙悟空的第一个名字开始启程吧。

"石猴",最初他们是这样称呼他的。

这个称呼笼统模糊普通,至多因是"石生",让他有些特别。但也不是很特别。这名字,像是群体里的某一个,也可以是任何一个。

张爱玲有一本散文集叫《传奇》,她起名的缘由,是想"在传奇里寻找普通人,在普通人里寻找传奇"。我以为,普通与传奇,一半是海水,一半是火焰,像昼夜不同天,是很难调和的。普通人渴望成为传奇,传奇向往普通人生,人生就是这样充满着匮乏与艳美的悖论。只是,作为普通人的我们不知道,传奇的人生有多耀眼,布下的阴影就有多浓重。少年时只看到传奇的光鲜亮丽,却不能知晓传奇更要承受的陡峭至暗的命运。所以,真希望那只石猴,能安心做一只猴,忘掉他天赐的灵性和注定的命运,在山中行走跳跃,像被歌颂的童年般无忧无虑："食草木,饮涧泉,采山花,觅树果;与狼虫为伴,虎豹为群,獐鹿为友,猕猿为亲;夜宿石崖之下,朝游峰洞之中……"

故事之轮在石猴拥有第一个独属的名字"美猴王"时开始转动。

命名意味着命运。

积极心理学里有个观点:"能起名就能驯服。"在可以预见的一生里,我们会像石猴一样拥有许多名字,也就会有无数的分身。你要如何调和这些名字与分身带来的裂痕,最终让自己圆满且安宁?

一只石猴开始有了美丑之心,这小小的撬动,可以视为花果山上的重大青春事件。那时花果山是石猴的整个世界。它撬起了整个世界的支点叫"自我"。

你是什么时候觉得自己丑,希望自己更好看一些,甚至希望自己拥有另一张面孔,成为另一个人的?童话里英俊的王子、美丽的公主都会得到更多的眷顾,而我们只是长相平庸、性格平凡的甲乙丙丁七个小矮人的七分之一。太多歌唱着平凡人生了:"我们半推半就的人生,没有像你一样被眷顾的未来""忍耐的灵魂啊,安静地运转吧……"

毕竟我们是平凡而沉默的大多数。

但我们得负责自己的成长,不是吗?

从最肤浅的美丑开始,我们开始看到自己。不知道美猴王会不会对着镜子看看自己的容貌,梳梳自己的毛脸,再蘸点口水将翘起的眉毛理顺,顺便给镜中的自己抛去一个自以为帅气的眼神?又或者给自己画一个大花脸,再穿上大人的衣裙和高跟鞋,与镜中人、与想象的未来的自己转圈起舞?

美猴王当然不会这样,但你、我和他会。

花果山水帘洞美猴王弼马温齐天大圣孙悟空孙行者,本就是从我们性格中抽离而塑成的形象,他是我们每一个人,他是一面镜子,我们借他照见自己。

石猴看到了自己,因为他模糊地察觉到:"我存在在我的存在。"这很重要。苏格拉底曾说:"未经省察的人生没有意义。"花果山上的命名事件,是青春省察人生的开端。事件预示着"自我"的萌芽。但这次省察的眼界和心力,远远不够定义整个人生。而且,青春的自我,是一种盲目而危险的无序,如同一把抵在腰间的刀、如同时间。

一直认为时间是世界感性的存在。时间的容器,盛放着我们。我们对时间感受的敏与钝，决定着时间的形态。时间可长可短，可密可疏，可甜可苦，可利可钝，可轻可重。你想不到的是，时间并不是一种虚构之物、感性之物。时间和空间一样，是一种带着侵略性的物质。熵增定律决定了物质的本质是走向无序。四季流转，年轮盘旋，叶伸向天，根扎向地，花要开也得谢。江水涨涨落落，漫过烟草地，也会在冬日裸出河滩。新生之物一旦创生，下一秒便开始滑向陈旧、衰败和消逝。博物馆里的传世之物，带着穿越时空的野心，封存着前人与后人相似的精妙而幽闭的心事。但它真的能在无序的动荡中获得永恒？

以相对的二元思维看待世界，无序对着有序、灵对着肉、记对着忘、聚对着离、生对着死……无序有万千化身，本就生于"无"的美猴王是一种无序，他注定是要来对抗"有序"的。他突然的自我是一种无序。青春是无序的，叛逆也是。"生"也是一种无常的无序。所有的无序在一个传世的故事中盘旋缠绕着，塑成了一个顽固的石胎，叫"美猴王"。

猴群里最美的那一只，像我们带着绒毛的青春。

然而身在五行中，如何跳出三界外？石胎也有颗凡心，面对死亡有序地终结，也有忧惧。美猴王企图修得长生不老之术，以超脱生死。它真的能在蛮横的掠夺中获得永生？他漂洋过海求仙问道，最终在菩提祖师门下修道。

《西游记》，人生之书，处处玄机。锋利聪慧又懵懂张狂的美猴王，遇到他人生的第一位老师，开始认识更广阔的世界。菩提祖师给美猴王起名"悟空"。石猴的第三个名字。定义他一生的名字。

菩提祖师的名字也非常有意思。菩提，即智慧。他给一只顽石泼猴的命名里埋下的偈语是"空"。智慧通透的菩提老祖是否一眼就看透了悟空的一生？在不可泄露的天机前，菩提祖师在师徒告别时发下毒誓："你这去，定生不良。凭你怎么惹祸行凶，却不许说是我的徒弟。你说出半个字来，我就知之，把你这猢狲剥皮锉骨，将神魂贬在九幽之处，教你万劫不得翻身！"

难道智慧是身怀原罪的禁果？菩提老祖早已在须臾的镜像中窥见了"悟空一切"所要经历的冲突、磨难、陡峭、挣扎的心路？

镜，这个"物象"对于中国人的人生来说至关重要。我们一生都在寻找参照，甚至从某种灰色的角度看，我们一生都活在镜像中。《红楼梦》里有"风月宝鉴"的物像与隐喻。如果你也喜欢孙悟空，那么美猴王是一面镜子，猪八戒是另一面，埋伏着九九八十一难的取经路，是能照到你整个人生的镜像，而童年、青春和回忆——永恒的故乡，是我们中年与暮年、迟暮与末路的镜子。

孙悟空回到了花果山，大闹东海龙宫和幽冥地府，不久受到天庭招安，拥有了第四个名字：弼马温。确切地说，弼马温是一个带着社会属性的称谓。这个称谓背后所代表的一切，是一个坚固森然的"有序"的存在、一圈庞大精密的紧箍咒。"无序"的美猴王孙悟空变成了"有序"的弼马温。如果照此剧本演进，故事势必陷于乏味。好在孙悟空是一只猴子，不按常理出牌才生动有趣。一来二去地与天庭对峙两回合，他也因此拥有了第五个名字：齐天大圣。

"齐天大圣"，孙悟空的第五个名字张狂无忌，试图与天齐平，不知天高，不问地厚。这是青春，带着让天地颤抖的叛逆，与十万天兵对战，一路打上凌霄宝殿。悟空一切前先目空一切。在青春这场与世界的盲目追逐里，一只顽劣的石猴在自我认同与他人认同的探寻之路上，代替我们呈现出生命里鲜活生动的种种——天真、狡黠、凶残、自负和愚蠢……五指山压下来了。花果山水帘洞美猴王弼马温齐天大圣孙悟空要"悟"的第一"空",就是他的自我。而这一"悟"就是五百年。

时间是必需的代价,即使囚徒是永生的猴王。对于美猴王,残酷在于他有大把的时间与自己独处,避无可避地面对自己。肉身无法动弹的悟空,内心里有千百个悟空在交战喧嚣:懊悔、愤怒、焦躁、惧怕、质疑、否定、无助……时间是必要的馈赠。

当唐僧将孙悟空从五指山下解救出来时,孙悟空或许已然了悟:自由是相对的。唐僧给了孙悟空两样东西:一个紧箍和一个名字。戴上紧箍,孙悟空开始告别青春,走向青年,也一步步开始走向漫漫取经路。

唐僧给孙悟空取了一个混名叫"行者"——孙悟空的第六个名字。这个名字伴随着他走完了取经路,取经路的尽头,他的第七个名字等着他,斗战胜佛。佛,是慈悲。你已经没有多少筹码了,虽然有些无趣,但不悲不喜、不怒不狂、不病不痛,才是真经。

如果说亦佛亦道的菩提祖师给美猴王起名"悟空",还带着些缥缈灵动的禅意玄机,那么,唐僧起的"行者",则暗合"儒家"的真意,踏踏实实地回归到了生命本真的状态。行者之路,带着"入世"的意义,把人生视作一场修行。

苏轼说:"人生如逆旅,我亦是行人。"作为隐喻,取经路也是人生之路。这条路交织着"儒释道"三种色彩,对应着中国人兼容并收的精神世界。有意思的是,在一个万河向东的国度,取经的方向却是向西逆行,困难自然九九八十一。

从踏上取经路起,我们喜爱的美猴王齐天大圣孙悟空,开始在山重水复降妖除魔中"脸谱化""偶像化"了。虽然依旧是猴性难改,但石胎里却多了一颗克己之心,生动的性格开始凝滞乏味。悟空的内心已经从关注自我过渡到关注他者,他的"悟空",开始延伸向有序的世界。孙悟空的情绪也有过波动。在三打白骨精被唐僧驱逐后,孙悟空委屈而愤懑。但这时,他情绪的诱因与大闹天宫时自我认同被否定不同,这一次他极力维持"有序",却在社会认同层面被否定。

猴哥已经是一个中规中矩的大人了。

但另一个猴哥继续鲜活着。

猪八戒是另一个孙悟空,是青春期之后的青年时代。

在经典的隐喻里,我们每个人都是孙悟空,也都是猪八戒、沙僧、白龙马和唐僧。吴承恩将五位一体的一个人拆开,以一个对应的形象塑造特定的性格,隐喻人生的某个阶段,映射内心的某种心境。你的暴躁叛逆、意散神迷、懈怠抱怨、沉默悟净、正念慈悲，一一对应着西游记中的每一个角色。这些形象轮番出现在你的人生中，成为生命的标识物。当孙悟空式的青春过去，接替悟空将我们摆渡向下一个人生渡口的是猪八戒。

"八戒"，这是一个想到就会让人忍不住微笑的名字。一个要"八戒"的人，他的缺点定然不少。猪八戒最接近我们平凡人，而他的存在，也贴合我们的青年时代。在青春自以为的高光之后，我们的人生进入到一个相对沉寂的低谷。当我们与世界为敌，世界便与我们为敌，困难重重，我们充满着怨念、消极和懈怠的情绪。从天蓬元帅到八戒悟能，灰姑娘的故事被反过来讲述，其间的心理落差许多平常人是无法接受和消化的。八戒总是心生退意。贪吃好色，要持守"八戒"的戒律讲了八百遍、戒了八百次也不改。

猪八戒后来又变成了沙僧。沙僧是师徒几人中存在感最弱的一个。他大概是平常心路上的中年人，沉默、踏实、默默做事。他与唐僧的区别在于他没有一个必要的心念，信念感不强。法力最弱的唐僧，《西游记》里最无趣的人，却是信念最坚定、最坚强的所在。他维系着成长，指明前进的方向。

在各种纷繁的心绪下，他的正念执着，黏合着一个整体。

我一直有一个猜想，关于故事里唐僧师徒四人求取的真经。《西游记》中第八十难的"无字天书"，那会不会才是真正的"真经"？《西游记》这本人生之书，有太多玄机需要我们用一生去"悟空"。

其实，孙悟空最早的名字不叫"石猴"，他最早的名字，叫"心猿"，随我们一生。

第二辑 · 偶数

山川盛大

每个人都是一座孤岛

——梭罗《瓦尔登湖》

清晨

又到梅里,却又未见梅里。

雨雾漫过飞来寺的清晨,藏起了梅里雪山。

湿沉的云层似深海,时有雾气野马一般奔过澜沧江上的峡谷。我在雨中望向远处,想象着云雾里的雪峰,如同一个个浮于海洋的岛屿。

我是寻岛的人。

梭罗在《瓦尔登湖》中写道:"这世上,每个人都是一座孤岛,离得再近也无法连成一片陆地。一座孤岛与另一座孤岛的遥遥相望,才是它们长久矗立于海面的秘密。"

我也是一座孤岛?

当我还是个笨拙的年轻诗人时,我曾为梅里雪山写下过诗句:"海枯了/留下了石头。"那时是五月,我们从德钦县城去往飞来寺。车转过一个山坳时,梅里十三峰撞入眼帘。那一刻,眼泪涌出。天蓝得像海,泅渡的人在山脉起伏间遇上了白色岛。第一次去梅里雪山时,连着几天大雨,未见一眼雪山,所以,"见梅里"一直是我和朋友的执念,而人间的某些等待,是要等到海枯石烂,才见心意。

因为参加"彩云之约"第二届西部陆海新通道著名作家赴迪庆采风创作活动,我又一次前往梅里雪山。"西部陆海新通道",新通道将带来新的流动和新的气象,这让人期待,而我们此刻行走的山川,也曾有连接陆地和海洋的古道。

盘山公路一直在我身体和睡梦间盘旋,仿佛是它们穿过我。横断山脉的群山,像南上北下的巨大象群,静默、缓慢,人们的村庄散落在巨象的背脊上、脚趾间和皱纹里,而金顶的庙宇和流转的故事,一定藏在巨象的眼睛深处。

车从香格里拉城出发,不久,便会遇见金沙江,沿江而行。金沙江右岸是沙鲁里山,过了江桥,便是云岭山脉和芒康山山脉。早晨还在雪域之城吸着冷空气，转眼就来到河谷小镇奔子栏吹热风，这就是横断山脉气候的奇异，而我这个怕冷的高原人，一路走一路脱衣服，像个冷笑话。德钦县境内的这一段金沙江河谷属于干热河谷气候，高温、少雨、植被稀少。我看着车窗外巨大的山体和奔涌的江水想，这些山是冷山，它们逼出体内的热气，烧涨了金沙江。是的，那个笨拙的年轻诗人没有消失，他被我藏在心里，他只为我写诗。

蓝天白云，冷山热江，过奔子栏镇后，车要翻过云岭山脉的白马雪山垭口，才能到达德钦县城。德钦县城在云岭山脉的褶皱里。出德钦县城到飞来寺景区，景区对面即是属于怒山山脉的梅里雪山正面，而云岭山脉和怒山山脉之间的大江，就是"三江并流"中居中的澜沧江。如果你能够翻过怒山山脉，等待你的将是高黎贡山以及两条山脉间的怒江。我还没见过怒江，但我读过于坚诗歌里的怒江，他说怒江"披着豹皮"。

怒江向南，流出中国后，流入缅甸后称为萨尔温江，并最终注入安达曼海。

江流将陆地和海洋连为一体。

我一直遥想，横断山脉是这颗星球的一处忧伤之地，像美人眼角的鱼尾纹，暗藏着幽闭的心事。在这片广阔却陡峭的区域，有百余座海拔五千米以上的雪山，那么多漂浮的岛屿。最高海拔六千七百四十米的卡瓦格博峰与最低的海拔七百六十米的怒江干热河谷，其间巨大的落差，也养育出我们滇西北人内心的陡峭和平静。

虽说是看惯了雪山的人，但每每仰望雪山，我都会心生惊叹。我曾登顶过哈巴雪山，徒步走过贡嘎雪山，也走到过玉龙雪山的深处；玉龙、哈巴之间的虎跳峡，我每年都会去徒步；去年到梅里雪山下的雨崩村，遇到大雪，开车的师傅一路念念有词祈祷平安。雪中的属都湖、雨中的南极洛、老君山的杜鹃、阿纳果的秋叶也都很美。雪山、大江、湖泊、峡谷，冰川、森林、湿地、草甸，我们就生活在盛大的山川间，而这盛大的山川中，我们奔走如一个个漂浮的岛屿，带着乡音、树根和火种。好吧，如果觉得我太煽情，请不要责怪我藏在心里的那个笨拙的诗人，因为我还在心里藏着一个抒情歌手，每次我做梦时，他就会醒来，唱山川风月，唱浮云下的乡谣，唱月亮下的情歌。

"雅曲。"我们在清晨离开飞来寺去往茨中，车沿着澜沧江行驶时，德钦诗人扎西尼玛说，"雅曲。德钦藏族人称澜沧江为雅曲,月亮河的意思。"

　　我喜欢"雅曲"这个词。无论是藏语里的"月亮河",还是汉语的字面意思——"优雅的歌曲",都有美好的寓意。在傣语里,澜沧江意为"百万大象"。澜沧江这条共享的河流,一路向南在西双版纳州出境,改名换姓,叫湄公河,最终注入南海。它拥有那么多名字,也就拥有无尽的诗意。一条叫"月亮"的大河、一条优雅如曲的大江、一条波浪深绿的大川,一条万象奔腾的江流,不同文化在这里碰撞、交汇,最终呈现的都是我们热爱的世界最美好的样子。所以,雅曲是一首唱月亮的歌,而诗人扎西尼玛是这片山川的信使,替山川讲述它们的姓名和故事。扎西尼玛知道这里每一座山每一条河的名字,知道哪个野温泉治疗断骨最好,知道茨中哪一家葡萄酒酿得最好。

　　当然,他也知道人们在这片山川里踩出的路,来自哪里又通向哪里——"茶马古道到德钦的路线有好几条。一条是马帮在丽江大研镇修整后,渡过金沙江,到达桥头镇。然后过十二栏杆、小中甸,到达中甸(香格里拉)中心镇。接着从尼西方向走,过奔子栏,翻白马雪山到德钦升平镇。还有一条到维西保和镇后,再沿着澜沧江北上到德钦……"

　　滇藏线茶马古道是"三江并流"地区的第四条江，一条北上的江。这条大江流经的镇子，都是江水转弯、休息的地方，这些地方，都有各自好听的名字：大研镇、中心镇、保和镇、升平镇……人们聚居在那里，不同民族在那里交会融合，都为这个成为故乡的地方骄傲。如果，我是说如果，每个人都是孤岛，马道上的人们为何默契地为这些镇子起了寓意祥和的名字？

　　马帮流进流出，驼铃声汇成无字的歌。在山长水远的茶马古道上奔走，想着下一站是要到那个叫"保和"或"升平"的地方，心里是不是会多出一些安宁？如果镇子的大寨里还有一个美丽的背水姑娘，崎岖凶险的马道山路是否也会多出一些甜蜜？

　　在香格里拉的时候，着盛装的女人们为我们唱起清越的藏歌。在那音阶越来越高的歌声里，我感到有雪山正升向高空、有奔腾的江水奔向远方。男人们围成一圈跳起弦子舞，他们的中心，是火塘，还是雪山？他们灵动豪迈的舞步，像海水围着一座岛。最后，背水的姑娘、打酥油茶的姑娘、收青稞的姑娘跳起了劳动的欢舞。酒意上来了，人群和山川被歌舞连成一片，我们就活在盛大如歌舞的山川间。

正午

夏日曾经盛大，在三江并流的山川间投下浓浓淡淡的阴影。其中的几缕阳光，照进一扇弧形的窗户中，落到一个人身上，那人正低声唱着颂歌。

大学时，朋友同我回香格里拉旅行。当车在虎跳峡镇告别金沙江，开始沿着冲江河河谷北上时，突然收紧压缩的天地让他内心生出幽闭的焦躁。他的故乡地广山平，不用抬头看天，不用低头探谷，一马平川。

在滇西北，我们有一句俗语用来形容环境陡峭荒凉："猴子见了都会哭。"如果我是李白，我也会文绉绉地写："猿猱欲度愁攀援。"许多次，我驱车沿金沙江、澜沧江而行，看着奔腾的江水和裸露的石壁，这样的"水石相生"会让我心生苍凉的醉意。朋友杜向阳曾写过一句诗，他说："我所理解的美是悲壮的美。"这句诗，在某个神启的时刻，暗暗佐证了诗人弗罗斯特的箴言："人的个性的一半是地域性。"所以，形容三江并流的这片山川，我一直对使用"净土"这样的词保持着谨慎。形容一个地方，我喜欢用"血地"一词。我承接了这片山川的生离与死别、壮阔与微小、往日与今时、历史与人情,我的书写必定会带着深沉和轻盈、狂喜和绝望。

"每一个人,都是'两个故乡'的携带者、构建者、言说者。"这是作家汗漫写在《纸上还乡,何以可能?》里的句子。出生地与栖居地,故乡与异乡,我们每一个人都可能拥有两个故乡,而我的故乡,也会是你漂洋过海才抵达的异乡。

一百多年前,殖民的烈阳灼烧中华,云南亦水深火热。在滇东南的边境之城河口,浩荡的红河从这里开始去往异国,而一条黑色的铁轨也开始植入了中国体内。殖民、植铁,这条连接了越南海防和中国昆明的滇越铁路,将山川和海洋连接在一起。南下,一条红色大河,到世界去;北上,一条黑色米轨,到中国去。它们在河口擦身而过,去往各自的异乡,将一段段历史风云和岁月更新摆渡过去。

现在,当人们谈到滇越铁路,会称之为可以与苏伊士运河、巴拿马运河媲美的世界第三大建筑工程。在惊叹工程设计的精妙和施工难度之大的同时,殖民的罪恶和人命的卑微被悄悄略掉,遗忘在风中,而那条黑色米轨,也被中华山川用血肉融成了一条铮铮铁骨。

在同样是南北走向、茶马络绎、商贾云集的三江并流腹地,有一座教堂。

那天,我站在茨中教堂前。澜沧江边的热风,海浪一样扑来。澜沧江畔、背靠碧罗雪山的茨中村,曾经只有一座铁板桥,现在新建的茨中大桥,让茨中走向世界。茨中如今已成为一个旅游小镇,还以酿造葡萄酒而闻名,传教士们曾教会当地居民酿造独特的茨中玫瑰蜜葡萄酒。

教堂融合了西方建筑风格与中国汉、藏、白等民族建筑风格,风格和气质与脚下的这片山川迥异。我眯着眼,用手挡着正午的阳光,想象着并列狭长的几条山脉起伏如海浪,这教堂就是一座漂浮的岛屿。

它孤单吗?

它不孤单。有一个来自外国的孤单的传教士陪着它。每天传教士都为孤岛唱歌,歌声里有遥远故乡的海风和鸥鸣。

异乡人,你孤单吗?

你不孤单。你会在心绪飘荡如海时念诵经文。你知道你这座孤岛,虽然隔着海,但与遥远的陆地相连。

传教士孤单吗?

他不孤单。他在后院种植了故乡带来的葡萄、桉树和月桂。那些来自故乡的种子,是他揣在怀里的漂浮的岛屿。葡萄品种叫"玫瑰蜜",一年一熟。玫瑰蜜成熟时他在藤下吃果、纳凉、打盹儿,梦回故乡,慰藉乡愁。

他当然不孤单,这片土地上的人民,善意地接纳了他。他们一起劳动,种植葡萄和青稞,一起酿葡萄酒、青稞酒。他们在各自的节日,互相邀请,一起欢会,一起唱歌跳舞。时光堆叠如密叶,百年后,他种下的桉树和月桂枝叶茂盛,他在树下长眠。两座墓穴,一座无名,有名的那一座,石碑上刻着:"伍许冬"。当年他怀着慈悲,也藏着意图来到这里时,他并不想将这里作为隐居的乐园,他心里想的是如何将这个小山村与他心中的世界地图相连。

最后,他葬在了这片山川风月间。

他不再是孤岛,他和这片山川连在一起。

如果他们相识,我想,约瑟夫·洛克一定会羡慕法国传教士伍许冬。同样是活跃在三江并流地区的外国人,伍许冬最终埋葬在他奋斗一生的生命之地,而洛克却在大海包围的夏威夷一家医院的病床上给好友写信:"我想重返丽江完成我的著作……与其躺在医院凄凉的病床上,我宁愿死在玉龙雪山的鲜花丛中。"

足迹遍及滇川藏甘的探险家洛克是最早将中国西部这

片神秘之境展现给世界的人。"洛克之路"如今成为徒步爱好者喜爱的经典徒步路线,这条路线也在我的徒步名单上。有朋友去过那条路线,让她至今回忆起来也韵味无穷。她们绕着央迈勇、仙乃日、夏诺多吉三座雪山走。一路的河谷、草甸、垭口、海子、雪山、原始森林、高原牧场,恍若仙境。她说起为她牵马的当地人,一对藏族姐弟,她们相互照应着生活,在那片天地里,人心、生和死都充满着坚韧的力量。

总有一天,我将踏上洛克曾走过的路。我想,洛克第一次踏上这片土地时,内心一定也是充满兴奋、骄傲的。他野心勃勃。但在他不断深入这片山川时,其实也是在不断深入自己的内心。当他说宁愿死在玉龙雪山的鲜花丛中。我认定他是一个自然之子,他的肉身安葬在大海包围的夏威夷,而他的理想安息在玉龙雪山的花丛中。他把山和海、丽江和世界连接了起来。他是大海中的雪山。

同样在这片山川里留下名字的外国人,还有俄罗斯人顾彼得。我在纳西族作家白郎的《吾土丽江》中读到这个故事:"顾彼德在1941年来到这里后,立即认定这是一个具有老子精神的地方——山水是如此高洁,终年白雪遮顶的雪山总是像神殿一样矗立在大地的中央,由雕梁画栋和鸳墙黛瓦组成的古城宛若在白云间,绿水如映,鸡犬之声相闻,顺从于自然的生活得到倡导,人与大自然保持着伟大的调和……"

在离开茨中教堂前,我在后院的一棵枇杷树下停留了一会儿。我想起归有光的《项脊轩志》:"庭有枇杷树,吾妻死之年所手植也,今已亭亭如盖矣。"站在树荫里的人总有心事,如我,如伍许冬,不同的是,我离开了这片山川,所有的路都成了他乡之路。而那个法国人,他在树下低声唱着颂歌,但他知道自己最终将融化在这里。

午后

屋檐下有个野蜂巢。

蜂巢像是大小不一的蚌壳黏合成的圆柱体,棕灰白三色的环状纹路在某种神秘审美的牵引下无序排布,花纹诡异、色泽魅惑。天工开的物,似流动的岩浆,让人挪不开眼,又心生畏惧地眩晕。当然,暗含危险的蜂巢,也是野蜂们的诺亚方舟、天空之城和浮于天空的岛屿。

除了漂泊的本能,我不确定万物是否也拥有"建塔"的执迷。我们总在建塔。建筑、情感、观念、意识——未来更是我们觊觎的时间之塔。万物也"建塔"。甚至人类也在不断向"他物"学习，来构建自己的"塔"，就像出现在我对面陡坡上的村落——叶枝镇境内的同乐村——它看上去如同一个巨大的蜂巢。

同乐村依山而建，因为是一个山地村落，坡地多而平地较少，建筑较为密集。而村寨主体坐落在一个朝南向阳的山坡上，考虑到采光取暖的客观因素，井干式木楞房的设计外形和建筑材料较为统一。村落背靠密林，下临深谷，傈僳族井干式木楞房外形呈"台"字状，依山坡高低层叠、错落而建，三角形坡顶和深色墙面交错组合，形成了富于层次变化的建筑群体，整体形象似一个巨大蜂巢，极具几何美感。

进入"蜂巢"内部，村民为我们跳起傈僳族传统歌舞、国家级非物质文化遗产"阿尺木刮"。傈僳语"阿尺木刮"即为"模仿山羊声音和动作的歌舞"，源自劳动和自然。舞蹈热烈奔放、粗犷有力。人们手牵手绕成内外几个圆圈跳着，像聚起一个岛，又像是围绕着岛的海浪。时间的洋流周而复始，离散的人总会重逢。意外的是，在同乐村我遇到了多年未见的发小。我们在红旗小学大院里长大，会结伴走很远的路去捞很小的鱼、打很小的鸟，会去原野的田地里偷蔓菁和洋芋。我一眼就认出了他，他并没有多大变化，少年的容貌模样仍在，只是添了些皱纹与白发。单位组织来此参加活动，他也没想到会遇见我。

寒暄几句，热情仍在。他问我："你到丽江后，听说后来去了文联。"我说："我现在又去到昆明了。""你没变啊。""啊，我头发越来越少了。你倒是和小时候一样。""不啰唆，来，照个相。"临别前他说："你像是消失了一样。"我愣了几秒。对于曾经有过生命交集的人来说，我是不是一座漂浮的孤岛？

我漂向了哪里？

江湖远，各自安。

在"阿尺木刮"的舞蹈人群里，有一个小男孩，他尽力迈开步子跟上欢快的步伐。他会居守在这片山川，做一个"非遗"传承人，还是会去往远方，做一个迁徙的蜂巢？他的人生如何走，我不得而知，但我可以根据我的人生轨迹猜测他的未来。

我的人生之路，其实是一条通往城市的道路。我在小县城出生，带着城镇的印记，胡乱长大。但我们又带着一部分的自然属性,红旗小学大院的孩子们,都曾是那片原野上的野孩子。小城陪伴着我们成长,我们见证着小城的变迁。从中甸县更名为香格里拉县,再到更名为香格里拉市;从一个只有一条叫"长征路"的主干道、寒冷冬天必须烧火炉的边疆小城,到现在有高速路、通动车、有机场、冬天供暖的现代化县城,香格里拉的城市建设越来越好。那个跳舞的傈僳族小男孩,有一天他可能带着自己的"阿尺木刮",来到香格里拉,但在这之前,他必须先去叶枝镇上读小学。比起同乐村,叶枝镇对于他是一个更大的世界,他将先抵达那里。

采风队伍离开同乐村,前往下一个目的地——维西县城。路上,我听说德钦县城因为存在地质灾害隐患,要搬到叶枝镇另建新城。一个城也能像个漂浮的岛屿、迁徙的蜂巢?我第一次到建在山谷里的德钦县城时,它只有一条自上而下的街道,后来几次去梅里雪山路过德钦县城,每一次德钦县城都有很大变化。这一次来,楼房林立、街市繁荣的德钦让我觉得这里已经有一个"城"的雏形了。如果德钦县城建在叶枝镇原址上,小男孩离县城的距离会很近,当然,他也有可能去到略大于德钦县城的维西县城。虽然在迪庆州长大,其实我还是第一次到维西县城。山城维西的路,高高低低、起起伏伏,都是上坡下坡。

让我们沿着小男孩的人生规划图继续往下看,多年后,在县城读完初中的男孩将前往香格里拉读高中。香格里拉城、德钦城、维西城的发展虽然日新月异,但其实都不太大。再过些年,男孩可能去到昆明,或者更大的城市。他会将他的"阿尺木刮"带到世界其他地方去。我和他或许会在某个城市的某个十字路口、地铁换乘处的扶梯上擦身而过,又投身各自的茫茫人海,人生海海。

《超过边境,寻找城市》是诗人杰克·吉尔伯特的一首诗。借着这个标题,我想说,我们"越过山川,寻找城市"。三江并流地区,村镇似星,城如日月。曾经,人们沿着茶马古道南来北往,在沿途各个镇上停息。如今,"城市的茶马古道",更加快速地将三江并流的这片区域与世界连通。山川盛大如歌舞,城市的发展必然是江河间的新唱词。

2024年4月,第三届全民阅读大会在昆明举行,我前去昆明大观楼采访云南十六州市报刊亭及文化展览。在迪庆展厅,我遇到了以前红旗小学的校友。我们重逢的话题,像是在验证一片山川的过往、一个城市的变迁。我们谈到红旗小学的往事,谈到我的父亲是严厉的教导主任,谈到我和我的双胞胎哥哥总是形影不离,谈到我们记忆中的《原野》杂志,谈到高原小城通了动车……

我想,如果能从高空俯视这片山川,当夜幕降临,灯火通明的香格里拉城、德钦城、维西城,一定是这片山川的标识和大地上闪亮的星。

夜晚

夜幕降临,在维西县"热巴舞之乡"塔城,人们已经架起柴火,篝火即将在夜色里升起。

我们还沉浸在歌声中。

扎西尼玛的嗓子里像是别着一把德钦弦子,左右轻摆的节奏,送出悠扬雍容的旋律;拉长的尾音,是吹过卡瓦格博的雪风。舞步三步一回,弓着腰,像是赶马人从容地走在蜿蜒的茶马古道上。一路陪伴我们的王钟桦老师的胸腔里,藏着一条迂迂回回的大江,他的歌声时而沉静舒缓,时而高亢奔腾。他热爱这片山川,他于低沉处深情,在清亮处狂喜。

人们聚在篝火边,一字排开,手里捧着三根长长的竹子头尾相接、从高到低,最低处接着一个瓷碗。有人从高处倒下酒来,酒顺着竹筒流到碗里,献给客人。这是塔城的待客之道,称为"三江并流"。多美的名字,多好的寓意。火盆里的篝火燃得热烈,在狭长的三江并流地区,人们一次次围成圆圈跳舞。那个中心,是火塘,是漂浮的岛,也是雪山——火焰燃成的雪山在夜里升起。后来,着多民族盛装的男人和女人们分站两排,开始对歌。男人们像高耸雄伟的怒山,女人们似清秀高雅的云岭,他们对出的歌声,像是拍向对岸的波浪,欢歌笑语汇合成了两条山脉间的澜沧江。欢会结束,人们尽兴而归,等待他们的是一场美梦,梦中圣洁的雪山和温暖的篝火将合为一体。

在三江并流地区,还有一座岛叫罗德岛。这座岛的所在地,可能连山川信使扎西尼玛都不知道。但我知道罗德岛被爱琴海包围,那里海水湛蓝,沙滩松软;我知道那儿的港口总停泊着白色的游艇,太阳神巨像遗址下总有人等着落日,悬崖上的林佐斯卫城的树一岁一枯荣。我还知道,罗德岛其实是在一个女孩的心里。

在参观中国水利水电第十四工程局有限公司旭龙水电站的职工文化墙时,我看到一个员工的励志宣言是:"这里就是罗德岛,要跳就在这里跳。""罗德岛",我第一次见到这个词，它应该属于年轻人——这个词不但暴露了我的知识盲区，还走漏了我年龄的风声。

我特意去搜索了"罗德岛"，它是希腊的第四大岛，爱琴海边的旅游胜地，也有着深厚的人文历史。而属于女孩的"罗德岛"，却位于云南省德钦县与四川省得荣县交界处的金沙江干流上游河段。漂浮的罗德岛，从蓝天海鸥、古堡落日的海洋，迁徙到两山夹一江、天空狭窄的横断山区。如果说，属于这片山川的人，有本地世居民族，有漂泊他乡的如我这般的人，那么，也就会有来自其他地方、其他城市的"新迪庆人"，像一个个漂浮的岛屿，汇聚在这里，把自己的青春和热情播撒在这片土地上。"这里就是罗德岛，要跳就在这里跳。"这句话，用当下的流行话语来解读，那就是"认清现实，活在当下"。用苏轼的诗来注解，便是："此心安处是吾乡。"好吧，我也告诉我自己，吾心安处，就是罗德岛。

罗德岛在山腹中。当我们戴着安全帽，坐着车，穿过黑暗的隧道，进入山腹，最终停在一个巨大的隧洞中时，不得不屏住呼吸，尽量控制住心跳。山腹的世界并不是黑暗无边，这里灯火通明，这里是白天里的黑夜。技术人员忙碌、施工机器轰鸣。旭龙水电枢纽的总工程师向我们介绍说，我们所站的地方,距洞顶三十米,而整个水电枢纽需要高一百米的空间。一百米?我知识的盲区又一次苍白地暴露,我笨拙诗人的想象力已无法虚构出那盛大的情景。在山腹深处,"罗德岛"是黑暗中的"光之岛",一条条光柱,像海岛的树。电焊的弧光,是闪烁的星。挖掘机刮起机械的海风。技术人员相互呼唤应答间,迁徙的海鸥一次次往返在黑暗之海的季节里。山腹深处的岛,将在不久之后成为密布着高端器械的水电枢纽,金沙江的水将穿过这里,为罗德岛带来雷鸣和电闪。

为我们解说的年轻的总工程师自豪地说:"很高兴能参与到这个伟大的工程中。"旭龙水电站建成后将是金沙江上游最大的水电站,预计年均发电量105亿度。旭龙水电站还是金沙江上游"一库13级"水电规划的第12级。我在脑海中幻想,"人往高处走,水往低处流",金沙江从青海玉树的三江源出发,像个巨人般踏着"水的阶梯"到达这里。

在后来的闲聊中我得知,在离我故乡不远的长江第一湾正在建设的滇中引水工程,也是由中国水利水电第十四工程局负责设计、施工的。滇中引水工程全长六百六十四公里,其中有六百一十二公里通过隧道穿山而过。长江第一湾，大江在此转弯，最终注入东海。以后，金沙江的一部分江水，将不再东流，它将成为地下的暗河继续南下，经过丽江、大理、楚雄、昆明、玉溪，最终到达红河州。

山脉顶天，江河归海，金沙江将连接起更广阔的盛大如歌舞的天地山川。

山川呈南北走向的三江并流地区，江水往来、雪峰枯荣，岁月曾经走过这里，无数马帮、外国人、世居居民和"新迪庆人"也经过这里，他们中有人离开，有人居守于此，他们也如奔腾的江水和矗立的雪峰，和广阔的世界连在一起。他们在这片天地间行走、歌唱、爱恨、生死，像山河雅曲和岁月唱词，交织出盛大的生命交响曲。当他们离开这里时，眼睛里一定会带着一座雪山，胸腔里一定会藏着一条奔涌的江流。

我想在文章的末尾引用英国诗人约翰·多恩的诗《没有人是一座孤岛》，来回应梭罗在《瓦尔登湖》中表达的人生观："每个人都是一座孤岛。"我想，没有人是个孤岛，我们每个人的生命、脚下的山川、头上的天空都是联系在一起的。

电影与人生

"偶然"之后，人生的想象，能抵达多远多深的真实？

三个独立故事，简单场景、少量人物，滨口龙介靠精彩的对白将《偶然与想象》讲述得陡峭幽深。一个蝴蝶振翅般的"偶然"，经过长久地穿透传递，在你的想象里堆叠，渐渐形成巨大的风暴，经久不息。

偶然，暗藏因果。

因为一个"偶然"，要以一个少数民族文学培训班的五十六名学员为基础，组一期五十六个民族每个民族一首的诗歌合辑。因为组稿范围有限定，在这些学员中，"纳西族诗人"就是我。写一首应景的诗，对我来说也并不难。但事情并没有那么顺利和心安，这次"偶然"的诗歌创作，触动了爆破的机关，震荡又一次抵达了我真实的痛处，又一次引发了我对自己身份认同的犹疑"想象"。当时，我安静地坐着，看着样刊上的诗、看到自己写的那首诗,诗题下"纳西族"三个字,心里突然卷起了海啸。我无法心安,无法自信地认定那个"纳西族黄立康"就是我,因为——我不会说纳西话。

不会说纳西话的纳西人,这是我一直小心回避的问题。我遮盖、隐藏、躲闪,像你藏着的幽深往事,不被问起,就让它悄悄沉睡,不要惊动它。但这一次,似乎是无法回避,我的小痛楚被放到了光亮的地方,我不得不直面它,我得徒手去抓一把捅向心口的匕首。

当我在一首诗歌里心虚地填写下了纳西人的身份,这无疑是一种虚构,虚伪的虚构,我本能地躲避着自己身心上缺失的真实,这显得不真诚。同时,我又本能地虚构了自己身心上缺失的真实,这是内心的需求。在矛盾的心境中,我虚构的精神世界抵达的是某种脆弱的真实,还是将我送往更加幽深的虚无?我想,这是每个人都会面临的难题。面对真实时,我该问自己一句:我需要虚构吗?而你也可以根据我的疑问,静静地想一想,在你的世界里,你是否在虚构?

或许我们很早就开始虚构了,虚构过去或者虚构未来。我总是止不住地回忆,迷恋地陷于往昔,让自己沉到过往时光的寂静中,以此获得释怀后更大的寂静(也有可能坠入懊悔焦灼的深渊）。我也会有期盼，对于未来，我也满心期待地虚构着。那么多美丽的词语，梦想、期待、向往、憧憬……都溢满我想要虚构的未来。精神映射现实，虚构过去和未来的双行线，起点都是现在、都是现实。当我失去某一种现实，剩下的部分现实，是否可以继续支持精神的虚构，而我如何在对过去的理解、对未来的想象中，在当下虚构自己成为一名纳西人？

偶然的事情，总在发生。看《金属之声》，一个重金属摇滚乐队的鼓手，听力渐失，更糟糕的是他有可能完全失聪，等等，一个失聪的摇滚鼓手，这戏剧性的内核，像不像那个不会说纳西话的纳西人？

失聪的摇滚鼓手，不会说纳西话的纳西人，漂洋跨海，难兄难弟，都拿着盾，防守自己的矛。但很多事情总是会猝不及防地出现，戳到你的痛处，比如熬夜加班睡下没多久响起的上班闹钟声，比如周末自然醒，比如吃肉咬到自己的舌头，又比如时常有人冲着我讲一大串纳西话。毕竟，我的容貌和气质还似个遗址，仍有纳西族的痕迹。我们的方言里说："人亲骨头香。"看我脸黑发卷，"五官嚣张，两眼一抹兽光"，少数民族无疑。能听出个大概时，我会用方言回答，不影响交流。多数时候，我会带着歉意回："我不会纳西话。"对方眼中升起的光亮沿着原路退了回去，将要打开的宝藏之门轰隆合上，我忘了下半句咒语，哪怕只是一句简单的——"哈啊滋（纳西语，译作"饭吃了没"）？"

因为书名，我买了一本书——《出走的人——作家与家人》。其中第七章《宗族之语》，白纸黑字："你的语言是你的旗帜。""过去两个世纪以来，爱尔兰语的使用率慢慢下降。""没有语言，只有极不寻常的历史境遇才足以发展出一种认同感。"失语，失去旗帜；失聪，也就失魂落魄。我的纳西人的身份，是那个离开我出走了的人。纳西人的血仍在我身体里流，那是影子，是回声，荡着荡着，变成了时间的疑问。

电视屏幕的光，大概让我沉浮在一片忽明忽暗的光影中。《金属之声》里乐队的女主唱，也是失聪鼓手的爱人，把鼓手送到失聪者康复社区后就离开了。失去珍贵的一切，失聪鼓手如同一面敲破的鼓，焦躁、愤怒、无助、绝望的情绪都在破鼓里激荡澎湃，只是再无法发出声音。

"失聪鼓手能恢复听力吗？"我问自己。

我又问自己："我脆弱的纳西族的身份认同感，能来一剂强心针,加强一下吗? 我能找回我本该继承的母语吗? 或者说,找到点儿其他什么东西,去证明我和我父亲一样,是个纳西人。再或者,证明自己是别的什么人⋯⋯"

我也曾试着去弥补这个黑色幽默,买了本《和我学说纳西话》,背了几天单词。不久后我便放弃,暗恨自己舌头愚笨,先天不足,后天缺氧,不如鹦鹉。

康复社区的治疗理念,不治耳朵,治心,它无法恢复失聪者的听力,而是让失聪者学习手语,习惯寂静,试着接受失聪的事实,让愤恨的内心变得平静,安于生活的无声。世间有一种能解百毒千愁的药,叫"认命"(说得倒轻巧)。电影毕竟是要给人生一个结果的,实际上,生活中的认命很少能使人获得内心平静,"生""活着"就有磨难和苦痛,就像对于每个人来说平静安详的死亡都是幸运和奢侈那样,认命的人很少平静,不甘、悔恨、焦躁的倒是很多。失聪鼓手不甘心,为了挽回爱情和音乐,他最终卖掉了乐器和旅行车,做了人工耳蜗植入手术,试图恢复听力。手术之后,鼓手恢复了听力,但传到耳朵里的声音,却带着刺耳的金属摩擦声。"金属之声"不是追求激情和自由的音乐声,而是用肉身去迎接生活的摩擦声。

在一群纳西人中间，我就如同那个失聪鼓手；纳西话，就是传入我耳朵里的金属之声。

我发现我时常遇到"剑走偏锋"的事物，这让我怀疑我就是偏好"偏险之物"，那更像是去追逐自己的命运。在我命途中过去的、现在的、未来的内心引力，它们质地相似、模式相近，不安分、不稳定、不坚硬，又年轻、好斗、迫切，与我的庸常对峙，和我的命运纠缠。"危险的事固然美丽"，不得不承认，我就是好这一口。说简单些，针尖，遇到的多是麦芒；如果你是狐狸，世界就是围剿你的猎犬。明明不会讲纳西话，大学毕业后我竟胆肥心大，独自到纳西族腹地丽江工作生活，我就是好这一口，偏向虎山行，执迷刺痛。

在我的创作简历上，我已经先于"纳西人"的身份，默认了我"丽江青年作家"这一身份。（"默认"——这其中的心绪幽微纷乱：愧疚，懊悔，飘摇感，激动与失落，侥幸，自得，野心勃勃）我是香格里拉人，在丽江工作和生活，很长一段时间，我都怕我的身世暴露而被排挤、孤立。这是一个异乡人的病态。有一次和朋友通电话，他忽然说我讲话带着点儿丽江口音了，这又让我五味杂陈了一番。我曾想，我的写作是不是萌芽于我时空的缺失，因为缺失，我急切地需要在失去中去确立什么,去重建什么,或者说去虚构、让自己成为什么?我们都有相同的困境,例如,现在的"地球村时代",要如何认同"我们是谁"?又例如奔波于大城市的人,如何虚构一个异乡人的安心,如何让自己成为小镇上来的省城人?房产证?模仿省城人的口音、刻意地拖住语气词的尾音?土地已经无法证明谁是本地人了,所以你虚构的"身份证同",只能在精神世界里。我也是这样的,在精神世界虚构一个"丽江人黄立康",虚构一个"纳西人黄立康"。虚构,不仅仅是一种本能,现在,它有了更切中我心、深入性情的意义——救赎。

"最具有可塑性的寄生生物是什么?是人的想法。"

第一次看《盗梦空间》,惊为天书,将诺兰视为菩提老祖。从源头改变河的流向,盗梦,先造一场梦,借着梦的锦衣潜入意识深处,植入一个小小概念,让它悄然生根。因为沉入到很深很深的梦渊,所以梦醒后,侵入的意念自然得像是梦主自己的想法。诺兰用一部寓言般的电影,讲述生活中时时可见、处处发生的真实故事。我们每天读那么多信息,看那么多广告,听那么多概念,电影里盗梦者与反盗梦者的特洛伊之战,每分每秒都在我们潜意识里上演速度与激情,街道枪战，无暇赴死。

电影结尾，陀螺到底会不会倒？（诺兰你个老狐狸。）

作为辨别梦境与现实的图腾，陀螺倒了，代表回到现实；陀螺不倒……你还困在梦里。造梦师制造了梦境，有时却分不清真和假，混淆了梦与现实，就会迷失幻境。对于盗梦者来说，危险来自梦境造得太过逼真，而对于我们来说，我们的彷徨有时是因为现实显得虚妄，像一场梦。梦幻泡影，真真假假间，你有没有像吃黄连一样来回品尝一件你一想到梅花就落满南山的后悔事，有没有见到故人就如同见到梦中人般光阴再现又恍如隔世，有没有固执地扣押着一些执迷和魔怔？像我这样，一个带着问号的纳西人，在如梦的浮生最深处，念叨着一个意念："虚构自己，以纳西之眼看世界。"

虚构（或者说救赎），其实早就开始了。

多年前，当我落笔，开始在纸上虚构故乡，虚构父亲活着，虚构暗处的母亲暗藏的病痛和忧虑，救赎就已经开始了。虚构的救赎，在你文字的王国里，重塑一个精神世界、明日边缘。于坚曾写过："在我们时代，世界日新月异，依据回忆进行的写作永远只是超现实主义的。世界只存在于我的写作中。"这样一个世界,你虚构出它,它也会重塑你的精神,并且赋予外部的世界以灵魂。我想,虚构的野心,不只在于重塑一个内心归于平静的纳西人,更在于要去构建他日月更迭、山河起落的世界,以便存放他失落的自我和失忆的文化。

是文字给了我安抚。

也是出于偶然,我听到一个故乡的稀奇事:我的故乡拉马落村后有个山包神似虎头,以虎为图腾的纳西人相信这预示着此地风水好,山下村子要出厉害的人物。后来"木天王"派人在山包后挖一条沟,把虎头砍断,破了风水。前些年村里人请东巴做法事,青壮年男人全部出动,背上水泥沙石,上山填沟,把虎头接上。

从老一辈人口中清晰地听到"木天王"三字,这让我吃惊不小。距今三四百年前的人,木氏土司的故事还在沙鲁里山、金沙江边流传,当我的族人提到他时语气中还带着敬畏,好像这个人还活着。我意识到,"木天王"和他的故事已经进入到纳西人的思维中,至今仍深刻地影响着我们的意识和行为。为什么会这样呢?顺着疑问,我进入到一个纳西人集体的梦境里,去理解纳西人的思维,去寻找植根于纳西人骨头上的意念。更有意思的是,故乡的"虎头传说"仍是"活的",仍有呼吸。我身边的族人(人民),续写着这个故事,车轮般滚动向前,甚至我也是一个为故事添上一笔的人。历史影响民间,民间创写历史。百年以后,这故事仍会流传并被续写,拉马落的纳西人把砍断的虎头接上后,风水被盘活了,很多年后这个村子出了个厉害的人物——嗯?让我捋一捋,这个厉害的人物,不会是在说我吧?

后来,我查阅史书典籍,写出了历史散文《抄木氏土司诗》,我创造的文字世界,不知在什么时候悄悄渗透,反过来重塑了我。我为我的民族曾经的苦难悲伤,我为我的民族曾经的荣耀骄傲,一颗纳西之心,在文字的肉身里微弱地跳动起来了。

我还写过纳西人的图腾、我们的血族。写大雁,写下曾经发生在纳西族这个巨大"雁群"里的密集惨烈的殉情。问世间情为何物,曾经让纳西人生不惜、死不顾,在生死之间,爱不悔。写完那些爱情,我开始相信,相信生命的热切,我被内心深处涌出的激动充盈着。那一刻我相信,我也会为高尚热烈的浪漫献出我的热情和生命。文字创造的精神世界向我发出呼唤,让我相信我是一个纳西人,我也和其他纳西人一样,拥有塑成我们的敬畏心和浪漫的情爱欲。我想,是源自这片山川的文字,重塑了我,拯救了我,让我在文字里成为一个纳西人,成全了我失语的病态乡愁,安抚了我的失魂感和失心病……

时常开着车沿着金沙江、在沙鲁里山间穿行,以前觉得这些山川都是无依之地,后来向窗外眺望时,我会生出高山江流缓慢地向我靠近、似乎想对我低语的错觉,我想,那是它们在呼唤,关于记忆的呼唤。我一直在它的无梦之梦中,只是不知道如何进入它的内心,如何在它的内心深处安身。当我明白过往的岁月精魂,幻化成另一条汹涌的金沙江,正穿过我,这片山川上封存的记忆,正隆起纵横的横断山脉,撑起我的骨骼,赐予我厚实的力量。我想,我终于也可以以我的呼喊,回应天地的呼唤,并听到重重回音。

《绿皮书》里钢琴家的扮演者黑人影帝马赫沙拉,这次饰演科幻片《天鹅挽歌》里身患绝症不日将死、选择克隆另一个自己来陪伴家人的悲伤男。微调基因克隆而出的另一个自己拥有和自己一样的相貌、记忆、才华和情感等等等等,唯独没病。这就足以让黑天鹅嫉妒恨了,更何况,黑天鹅还要眼睁睁看着克隆人拥有原本属于自己的家庭和爱人……真是悲从中来，不可断绝。

假如有一天科技高度发达，到了能微调基因克隆人类的阶段，可以克隆一个"我"，微调我的语言基因，让我会说纳西话；或者像电脑安装字体一样，发明一种人工智能软件，将纳西话安装到我脑子里；又或者能时光旅行穿越回童年，我学会了纳西话……我是说——假如，假如那个"我"会说纳西话，人生会有多大的不同？行走的世界，山川草木都有了另一个名字，它们用另一种腔调讲述世界隐秘原始的实情，我会不会少些书卷气，多些野趣味？我会在对白结束、话语停顿后品尝出母语的韵味、那些不言自明的只可意会的戏谑或悲伤。我会不会和身为纳西族父亲更亲近些？濒临绝境时，用最恶毒的纳西脏话咒骂天地，而我又是如何用纳西母语悲哭、欢歌、狂浪，如何用纳西话谈情说爱？

关于"爱"，在我们循规蹈矩的成长中，最早的体验从何而来？

早恋不被允许、不被认可，但是，我们总会喜欢一个人，那是本能，不是吗？眉清目秀、温柔亲切的女生总是别人的同桌。你会忍不住偷偷看她。她耳朵上的绒毛在阳光下折射出金色暖光,这让你忍不住咽口水,可她永远是"四十五度角女孩",连笑容都只是平面的。但……怎么说呢,虚构从这里开始了不是吗。你要在故事里填入更多情感体验,一颗猴心,如何悟透红尘千回百缠的色空?听歌,对,让我们听歌吧,在别人的故事里,模拟自己的人生,交付稚嫩的情感。我们最初的情感体验,是来自情歌。

一代人有一代人的情歌,我这一代人听的情歌多是港台流行歌曲。当时我们浑然不觉,被城市化的浪潮席卷,城市的高楼大军还在奔来的路上,而流行文化已经先声夺人,冲击着小城镇人的视听。大家都喜欢听歌,盗版录音带里淌出温柔低吟的情歌,正好替我们唱出心中的渴望。我们在别人淡淡的歌声里,经情历苦。那时候,还没爱上谁,就知道爱一个人会好累;还没拥抱过谁,就知道这游戏代价不菲。那时候,人生的第二个十年刚刚开始,鼻涕都擦不干净,我们就已经知道十年之后,会是沧海桑田;那时候,听黄家驹唱"仍然自由自我,永远高唱我歌,走遍千里,原谅我这一生不羁放纵爱自由",为歌里海阔天空的孤勇自由心潮澎湃,但这首歌传到边疆小镇时,唱着自由的歌手已经坠台死了,让青春的我分不清这是浪漫的理想还是讽刺的寓言,心一下子衰老。杜格拉斯在《情人》里说:"十八岁时我就老了。"是的,十八岁时我们就很老了。我想,我这一生的情感,都没能脱俗地跳出一首流行歌的预见,后来经历的爱情和分离,三言两语,被几句歌词带回到往事里,与别人的故事交会,似曾相识又无可奈何。

时代不一样了,现在的时代需要更快更有力量的歌来抒情。我儿子常常跟我说起说唱,什么单押双押,什么"态度"。他时常会突然诈尸打机关枪般爆出几句说唱:"大概是我们都习惯被当作异类,只有和你相处什么事情都不用避讳。"这个和他"相处不用避讳的人",肯定不是他父亲。他父亲是面沉默的赤壁,他父亲早就过了想要引人注目的年纪,只想自己躲起来,哼几句旧旋律,唱给自己听,自己感动自己。这个和他"相处不用避讳的人",或许是他自己。这么小就开始虚构了,嗯,他沉浸在自己的抒情世界里。希望他不要像他阴郁的父亲。

我对儿子说:"这态度很好,不疯魔不成活,你随意,小心不要咬到舌头。"我这一代人喜欢的流行音乐是来自大城市的时尚,现在小孩喜欢的说唱,就更世界化些。我们的父辈口中那些来自农耕时代的缓慢民歌,如今去了哪里,偶然听到,能不能在胸腔里听到激荡的回音?

有一天喝酒微醺,同事唱起一首她小时候常唱的纳西情歌,让我眼眶湿热。来自农耕的舒缓节奏,铺开天地田野;一咏三叹的旋律如雪山起伏,似星湖微澜;带着岁月暖意的转音,白云流过,阴晴不留痕迹;温柔的语气词,像纳西人在我面前说:"啊喂。"我听不懂唱词,但我知道纳西人如何抒情。读雅克·巴克一百多年前的著作《么些研究》,看到他随意记下的一句话——"我觉得,我所雇佣的几个么些人(纳西人)比藏族人显得冷漠,不外露"——不觉细思,自己身上清冷、不热情的那部分气质,是不是来自我的民族?因为在性情上稍微冷几度,纳西人的民歌,多数含蓄安静,喜欢用自然的事物比兴,抒情克制而悠远,如同《蒹葭》。

纳西人不会直接说"爱",他会千回百转,顾左右而言他。以前的人,听民歌,一听就懂了。缓慢岁月的抒情,总是这样,懂的人,一听就能听出情深意厚、爱意绵绵。"今晚的月色很美""陌上花开可缓缓归矣",歌词句句是爱和思念,但偏不说"爱"这个字,说出口,就不美了。

纳西族有个民俗叫"时授"——青年男女对歌,隔着溪林风月,按着固定曲调,即兴地比兴对唱。如果能回到那个时代,我想我也可能会用纳西语去对唱、抒情。(接下来,就只能虚构了。)流年似水,如花年华,那应该是些好时光。人约黄昏后,圆月下,隔着竹林,我的烟熏嗓先来抛砖引玉:

萨瓦八许八(三月百花开)/八许八则吧(满山满地开)/八许八则格(百花百丛中)/牡丹吧尼留(牡丹花最艳)

月光竹影照得我高耸的鼻梁阴晴不定。等待让人心焦。还好清亮的女声回应了:

依古纳奔落(丽江纳西寨)/赤本个若蕊蕊(英俊小伙多)/奴美过个喜(我的心上人)/吾你标瑟美(就是你最帅)。

一曲终了,互道再见。

再见,牡丹少年。噢,再见,我的百灵鸟,下次月圆,老地方见。

虚构一个人,过去和未来哪一个更重要?

"过去的事物永存。"这是我在《文化失忆》里介绍"人人都理解的卓别林和没人能理解的爱因斯坦"的章节里读到的句子。那一章里还写道:"两千年的时间并没有使往昔认不出当下,也没有让当下认不出往昔。然而,科学却可以让自己的未来在几十年里面目全非。"面目全非!现在,我们就在这预言里,面对着不停翻涌的未来,如同那个叫"派"的少年,面对着莫测的狂海。

两千年的往昔,为山九仞,缓慢、艰辛,消逝却短如一场春花开落。回不到从前了,农耕消逝,马帮消失,节气稀薄,丽江大研古城商铺和游客密布,这样一个时代,当过去的一切都无法依凭,我们如何在日新月异的当下和未来确定(虚构)自己是个纳西人,如何去维护(虚构)自己的身份认同?仅仅只有我有身份认同的焦虑吗?许多事情都变了,土地的性质、劳作的工具、别致的服饰、出行的方式、语言的词汇都在变,我们如何在急速的消逝中去确立印证存在的密码,如何继续走下去而不迷失?我暂时(有可能是永远)回答不了这个问题,先讲讲少年派的事吧。

看《少年派的奇幻漂流》时,我总想起《西游记》。茫茫大地,渺渺大海,隐喻着人生苦旅,一人一虎狂海求生或者是唐僧带着徒弟西天取经,从此到彼,在时光的单行线上,我们都是行者,终生被绑缚在道路上。你是少年派,我是心猿和意马;你是你自己的老虎,我是戒不掉懒惰好色的猪八戒。大海也有九九八十一难,少年派需要虚构一只大虎,释放自己的野性,在恐惧和野性的磨砺间活下去。而我们也都是唐僧,念着紧箍咒,克制着自己内心的猴意、猪性和杀心。

好故事的隐喻性能超越时态和形态,我要找的答案就在这隐喻里。少年派的奇幻漂流和唐僧西天取经,都有一个相近的处境——杀机重重的世界;都有一个相同的问题——如何活下去;也都有一根相似的稻草支持他们渡过难关——呼唤野性。没有老虎理查德·帕克带来的恐惧,少年派或许早早就被大海无尽的绝望吞噬。五位一体的唐僧仅靠凡人身、佛陀念和济世心,是不能取到真经的,一路打怪的是与信仰相对的野性化身。

少年派同时心怀三种信仰,唐僧身上有对儒释道的坚守,纳西人也有着驳杂的精神世界。以明代第十七任土司纳西王木增为例,他是忠孝两全的儒生、虔诚的藏传佛教徒,道号"生白道人",也按照纳西族原始宗教教规"祭天"。在纳西人内心繁多的信仰体系里,有着泛灵信仰的东巴教保留了纳西文化的根性,这根性呈现的是纳西人与自然的关系。少年派故事中的老虎,其实也存在于纳西人的虚构里。很多东巴经的开头都会有一个"虎头"象形文字,"虎头"以图代句,读作"阿拉木诗尼",译为"很久很久以前",虎开启了纳西人的时间、记忆和心智。纳西族人家大门上贴的门神是老虎和牦牛。我将虎视为纳西人的时间神:时间如虎,我们都是猎物,时刻都要保持警惕和敬畏。也就是说,纳西人虚构一只代表时间的老虎来鞭策自己努力生存,这和少年派的故事相似。

把"自然"视为信仰之神来信奉,把自然的规律当作信条来恪守,这让纳西人在广泛吸收其他思想的同时,保留了自己的根。文化其实没有失忆,记忆在传统里。如果我们对未来的想象是基于对过去的理解,那么传统承载着的是渡世的文化记忆。礼失求诸野,每个民族都有自己秉承的传统,就像纳西族的传统保留着与自然相处的敬畏和野性。当人与自然的空间关系从田野过渡到城市,面对纷繁变化,呼唤传统,这或许是一个纳西人虚构自己、重塑自己的重要内容。

《少年派的奇幻漂流》最后和《盗梦空间》一样是开放式

的结局。我终于也虚构到最后一章了,我也将提供一个开放式的结局。

以前看过《沙丘》原著,拍成电影后专门去影院看,一是情怀,二是对科幻片有期待。一直觉得科幻小说和电影都是人类想象力的极限所在,根据对宇宙有限的了解,虚构一个外太空世界,来盛放内心探险的渴望。好的科幻电影很多,像《星际穿越》《阿凡达》这样让你目不暇接又屏住呼吸再又脑洞大开的硬核科幻片,花三十多块买电影票,人间值得。

《沙丘》不值得。完全是概念性科幻片,科幻场景寥寥,他讲他的故事,你还得自己脑补一个宇宙,而故事讲的又是"权力的游戏"那点儿人间俗事,不如我偷偷带进电影院的五味子酒有吸引力。这故事要放在我们地球上,落到中国就是《笑傲江湖》,降临苏格兰叫《勇敢的心》。《沙丘》的画面倒是漂亮,只是导演把故事拍得太规矩、拘谨、死板了,像我写的散文:鲜艳喧闹的——旋转木马。

之所以要提及《沙丘》,是因为之后在《世界电影》杂志上读到一篇文章,文章标题叫《星漠风云:科幻大片〈沙丘〉中的宇宙共同体想象》。不得不说,这标题是我所了解的《沙丘》系列里最具科幻感的元素了。"宇宙共同体想象",是想让我笑,是吧?但我没笑。根据我有限的人生经验来看,当我对不熟悉的事物贸然嘲笑,最后成为笑话的一定是我。一个作家对新概念应该时刻保持好奇和警惕,而不是盲目反对。我相信,起源于十四世纪意大利佛罗伦萨的"文艺复兴",肯定是由一个小小想法不断累积而形成的文艺思潮。它呈现了时代语境下的艺术状态、艺术家们共同铸造的独特的时代精神。现在新的散文概念,如自然写作、生态写作,我认为都是对当下"绿水青山"思潮的艺术体现。前不久在一个专栏里做了对谈,里面有个问题,借"世界文学"谈谈对"民族文学"这一概念的理解。我没有回答对"民族文学"的看法,我只说"世界文学"是一个作家胸怀和笔力的集合,也是召唤作家的使命。不过这个问题,也让我的思维进一步打开,"世界文学""民族文学"都是当下文学思潮的概念,这些概念有区别,但都试图在某个维度上达到统一、合为一体。当我们还在以民族、地域来划分人群时,最有想象力的科幻已经以"宇宙"为单位,来驱动我们的意识和审美了。

我喜欢看科幻小说。《海伯利安》里有句话我很喜欢:"世界随着时间驶向荒芜,我们都是熵的信徒。""熵",代表无序和混乱，这是物理的定律，而在人性的定律中，统一和谐是人心所向。前面提到的文章《星漠风云》里总结："推而广之，不论是什么形态的智慧生命（目前首先当然是人），若想建设相对稳定的宇宙共同体，都不能不重视自然意义上的天人和谐、社会意义上的族群和谐、心理意义上的情性和谐。"物理与人性、战争与和平、无序与规则、混乱与和谐，世界在矛盾中轮回前行。我想，无论建设什么样的共同体，都是一种由个体延伸到群体的美好向往和憧憬，是集体的虚构和共筑。

当我们在讨论虚构时，我们在谈论什么？

我们在谈论存在和真实。

那么关于存在，继往之后，如何开创更具可能性、可塑性和生命力的未来？

关注当下！

诗词丽江

秘境

喜欢抄诗。执迷于字迹，行楷间将诗词对折，平仄处把山水重现。也喜欢循着心迹，临摹天地隐现的秘境，抚摸人间吞吐的寒暖。

某日，抄下一句雪山诗："云漏斜晖影，山藏古雪阴。"这一句，让我想起杜甫诗"星垂平野阔，月涌大江流"。当天地间的动静、冷暖、刚柔、明暗随着笔端光影落到宁静开阔的纸上，我相信，那个在阴天仰望雪山的边疆诗人，那个在星夜俯察江流的中华诗圣，他们想到的都是苍茫过往。

诗句点缀着山水。环顾丽江河川，天地依旧，日月仍然，我——一个在纸上虚构云江的"散人"，能否穿过时间的窄门，与那个雪山诗人心绪相连？

山水、诗词连接了我和他。我逐句誊抄这首山水诗《游十九峰深处》时,他的低吟穿过遥遥时光,抵达纸上。

探幽远入林,僻径转难寻。

云漏斜晖影,山藏古雪阴。

茑萝悬树密,潭水出溪深。

阒地无人到,寒猿日自吟。

抄诗、行路,五百年后的某一天,我踩着诗歌的韵脚,跟随诗人前往雪峰深处寻幽,向着密林腹地走,向着山岭高处走。

当我和他在抚膝长喘后转身,丽江山水浩荡而来:云阵鹏飞、群山象伏、众河蛇行、镜湖雀落、古镇砚沉。恰巧此时,云层漏下几柱天光,照得天地明暖,而远处,玉龙雪山冰凝千年,依旧森郁阴冷。

我不知道,他要去往何处。野人山谷或是孤独花园?那是他的私地,只有他知道它的藏处。

我隐约知道的是,为何诗人都爱奔赴山水。

寒江独钓,大江东去,暗香疏影,月下清泉,这些或盛大或微妙的隐秘山水,带着弹性的抚慰,收容肉身,逍遥神游。山水激发诗心, 诗词又贮藏着浩荡丰沛的山水传统和中国精神,塑出我们的性情品格和理想世界。

山水是我们硕大延绵的根骨、茂盛无缝的影子。

"我在另一种命运中炫耀自己,在生动的神秘中休憩了片刻。"

跨越时间与疆界, 辛波斯卡的诗为千万诗人做注脚——向往或逃离,我们见山自在,得水欢喜,在另一种神秘的格律中动情、静默。

青松玉湖,茑萝潭溪,寒枝猿影,樵径渔歌,鹿踪鹤鸣……雪峰深处的漫游、生动神秘的休憩间,诗人是他自己的诗人,是山水散客,是天地间呼吸的石木、花草或蚁雀。他在起伏的山水间"千金散尽":散尽分身和荣光、尘埃和心事,让眼睛成路,让骨头成根,让欢喜是花,让沉默是石头,让心化白云意如流水。诗人穿过山水,也让山水穿过他,成为万物必经之路。

阴阳变幻,好景不长,就在诗人暂得于己快然自足时,暂忘的俗务,像寒江中漂动的鱼漂,一直悄悄在心上漂着荡着,钓着他。诗人大概也觉出自己像那枚鱼漂,在山峦起伏间漂荡。鱼钩钓着隐逸山水,而鱼线——拔河的另一端——被尘世分身牵着引着。

诗人姓木,世居丽江。

"诗人"只是他众多分身之一。

他另外的分身,烛影纷繁。

只是,在许久的时间里,他和他交融的山水,都是历史秘境。

关于丽江,古书的记载零散、模糊、简略。直到一个叫徐霞客的人出现,一方奇伟秘境和那些锦绣诗文才开始在文史中渐渐铺叙。

1636 年,徐霞客决策西游,他将"从丽江出",亲自探访金沙江,弄清长江正源。

在给江南名士陈继儒的书信中,徐霞客直言:"其地皆狼嗥鼯啸,魑魅纵横之区,往返难以时计,死生难以自保。"徐霞客赌猜丽江土酋略通文墨,所以在信中特意请陈继儒给"丽江木公"写信介绍,以求帮助。

当那封带着路途疲惫的旧信封历经风雨、盖满指纹从江南辗转寄到丽江木公手中时,笺纸上依旧新鲜的溢美之词和拳拳之意,是否让"木丽江"的心湖因"霞客将至"而随着信纸微微颤动？

木徐相交，始于见字。而真正相见，却是在三年后的1639 年。

徐霞客一路颠沛，背着静闻和尚的遗骨（静闻遗愿，葬鸡足山）辗转来到昆明，在云南名士唐泰、杨胜寰诸君处得知，"丽江守相望已久"。

徐霞客到达大理鸡足山后，丽江木公派专人迎请，并将尊贵的客人请入"丽江首刹"芝山解脱林。书信之约，终得实现。木徐一见如故，促膝长谈，文会天下，换茶三次。在丽江十六日，丽江木公请徐霞客为其诗集《山中逸趣》写序，编校《云薖淡墨》文集，并邀请徐霞客编撰《鸡足山志》。

烛火摇动的深夜，徐霞客打开诗集仔细阅读，相似又殊异的诗歌世界将他引入一个秘境。徐霞客惊讶，丽江木公已然深谙诗词的韵律精髓，滇西北大地上的奇伟景观，带着沉厚灵动或飘逸朴实的质地，被丽江木公采进诗中。西南边陲的异域绝色和风度气象，在诗里，与广阔的中华腹地交相辉映。徐霞客行走的天地，因这些文人、诗歌与山水，被扩展了疆界，想象也突破了界限，在一个行者澎湃的精神世界中交融为一，"中国"的方向、体量、渊源和经络在"游圣"心中更加清晰、具体……

与徐霞客结下深厚友谊的"丽江木公"是木氏第十七任土司木增。

从 1253 年被封为世袭土官,到 1723 年"改土归流"被降为土通判,跨越元明清三朝四百七十年时光,木氏共历二十二任土司。但史书的简笔和时空的长调似乎有意迷藏,二十二任土司被重叠在一起,少有自己的名字、面孔和声音,他们都被春秋笔法统一写成——"丽江木氏"——同用一个名字,共拥一张面孔。烛影重重间,"丽江木氏"被隐成另一方秘境。

而在其他语境中,他们也共享着另外一些名字和面孔:民间故事里的木老爷,神话传说中的木天王,史官笔下的木氏土司,诗词间的木氏六公……只是,这四个称呼最后又都归于同一个人。

如同玉龙雪山藏着古雪的阴寒,在丽江木氏世代运筹下,丽江建筑大研镇、锁喉茶马道,从寂寂无名的山野秘境,渐渐成为影响南方丝绸之路的边疆重镇。

城郭

阳光照耀着丽江，青幽幽的玉河水轻悠悠地穿过大研古镇。河水穿过映雪桥、四方街、木府门前的石拱桥，倒映两岸。柳树绿风新鲜，没有临摹古意。树后有一座石牌坊，造型如一张方正忠勇的面孔，牌坊正中刻有"忠义"二字。

忠义坊后是大研之心木府。丽江民间流传着"北有故宫，南有木府"的说法，消失在历史烟尘中的昔日木府，曾经的荣光盛大如夏日。

木府大门上有对联："凤诏每来红日近，鹤书不到白云闲。"这两句摘自第十任土司木泰的七律《两关使节》。

相传《两关使节》是纳西族文人写的第一首汉诗，它将楚地"香草美人"的气息扩展到西南边疆，延续着"政喻诗"的传统。"还君明珠双泪垂，恨不相逢未嫁时"，第一次读张籍这句诗，屏住呼吸的瞬间，我似乎听到了两颗明珠轻触发出的脆响。后来得知《节妇吟》是一首政喻诗，赞叹张籍诗艺高妙，也知晓了细小审美可以容纳宏大传统。

我依旧把《两关使节》抄在纸上：

郡治南山设两关，两关并扼两山间。

霓旌风送难留阻，驿骑星驰易往还。

凤诏每来红日近，鹤书不到白云闲。

折梅寄赠皇华使，愿上封章慰百蛮。

因为崇尚中华文化，倡导学习诗书，经过百年熏染，从木泰发轫，后来几代土司接力积淀，渐成气象，就有了"明代木氏土司作家群"。而在"木氏土司作家群"中，木泰、木公、木高、木旺、木青、木增六位，诗文精致，文笔凌云，被后世合称"木氏六公"。他们被民间塑为纳西文人的理想形象，到如今，后世文人依旧尊称他们为"木公"。

虽然地处边陲，身为纳西族人，"木公"却有着极高的汉文化修养——木泰精通《易经》，木东深研理学，木公与大儒杨升庵书信往来，木青的诗被晚明诗坛盟主钱谦益称赞格调高。木增在六公中著述最多。《明史·土司传》中对丽江木氏评价甚高："云南诸土官，知诗书，好守礼义，以丽江木氏为首。"中原文人也盛赞木氏作家群"文墨比中州""共中原之旗鼓"。

如果不是从心底热爱中华诗书并熟读在心，很难想象一个边疆少数民族领袖能信手将"折梅""鹤书"这样寓意深远的词语妥帖入诗。诗歌首句中的意象"两关",指的是现在仍可寻得遗迹的"邱塘关"和已成传说的"玉龙关"。因"木"怕"困",大研城不设城墙,所以建在丽江南边的两关,是古代鹤庆府进入丽江的礼仪门户、交通要塞。将"两关"入诗乃有醉翁之意,诗情包含着深厚的自我认同和意识共建——无论是国家版图还是精神疆域,滇西、纳西都是中华的一部分。

从此,滇西北的山河故人,像折下的梅花,落纸成诗,开始为传统的美丽诗词寄去新的风物、色彩和精魂。那一首首字句整齐、音律和谐的绝句律诗,似楼台城郭,在诗词疆域上矗立着。

木府就是一首写在金沙玉垒间的方正律诗。

大地行者徐霞客如此评价木府:"宫室之丽,拟于王者。"真实的情况是,经"丽江锁钥"邱塘关进入纳西腹地的徐霞客,其实并没有进入到模仿紫禁城修建的木府中,他只能在马背上眺望,而后被木氏十七任土司木增热情又谨慎地迎请到了雪山南麓的解脱林。

所以,徐霞客也未能进入的木氏土司府是一种怎样的光景呢?

"宫室之丽,拟于王者",寥寥八字,似乎没有空间容纳太多世家金粉和人间烟火。当时的盛况,如同无名文物,都在动荡与沉寂间成了谜题。现在的木府,是后人借正史野闻重建的小版府邸。但即便这样,当你置身丽江山水中的这方城郭,仍会为它欣喜。

建在山水中的木府,西靠狮子山,北饮玉河水。府中绿树掩黑瓦,白墙坠影入清河;灰色石基层叠,庄重地托举起鲜艳的红柱蓝檐;雕花相扣的榫卯与起伏无序的山水相对,构建着另一种庄严肃穆。当我穿过木府面朝东方的大门,沿着中轴线依次走过议事厅、万卷楼、护法殿、光碧楼、玉音楼、三清殿……历史纷繁的猜想对折着向我涌来。

一座土司府,半部民族史。多少事,发生在木府的暗影与沉默、痛苦和荣耀间。

议事厅灯火通明,土司木旺与亲族谋士彻夜未眠:受明王朝征召出征缅甸,粮草马匹、将帅兵卒、行程吉时得一一商定。辽东战事狼烟四起,纳西王木增独自在大厅中静坐,天下风云在他眼前的幻象中越涌越急。"薄贡惭毛滴,天恩旷海波",以忠义为本的他决定特贡白银一万两为军饷。带领部族归顺清朝的土司木懿也在他父亲木增曾坐的木椅上坐了一宿,天明时分他走出大厅,站在木府的中轴线上,也站在木氏的心灵史上。吴三桂传令让木懿即日入昆,此去凶多吉少,但木懿家训在心,不悲不惧。

笔直的中轴线串联起了坐西朝东的木府,或许在木氏土司们的内心深处,也有一条笔直的中轴线由滇西北木府连向中华腹地。这条线连接的不只是两地、两心,还连接广阔天地间的风云狼烟、盛世虚时、气候运数、衰落复兴,连接众多民族合为一体的同根共命、同心合胆。

木府也有人间烟火。旧时王谢府,亦是寻常百姓家。

木老爷在走廊尽头想,家有喜事,新添人丁,众亲友都夸赞这孩子俊秀如直树,该起个什么样的好名赐福与他,同时也能彰显自己的满腹文采?按捺住内心激动等到议事结束,留住众文士品鉴昨晚写出的新诗,一片称赞之下有些飘飘然;回到木家院起居处高声朗诵,妻母不为所动,儿女不掩鄙视,郁郁而睡。在书房中回朋友信,字句斟酌,忍下倾诉和叹息,藏起伤心,放下酒杯,只写一句安好:"一简通消息,故人知此心。"

从前心情难寻,建筑也被时光用旧。

忠义石牌坊几步之外有一座木牌坊,名为"天雨流芳"。

这个牌匾的音译题词，呈现两种文化碰撞时激发的高雅火花：作为汉语，"天雨流芳"寓意美好，意境高妙；作为音译，"天雨流芳"源自纳西语"特恩吕返"，词义朴素，"读书去"成为纳西族集体意识的结晶。木府中的万卷楼，传闻曾藏书万卷，木氏土司以诗文为舟，将自己荡向浩瀚的中华文化海洋。而在民间，先进的技术、工具、作物、文化也由木氏引进滇西康南，广泛推广运用。

金沙江绕过沙鲁里山，在长江第一湾转向东北，流过石鼓镇，流经我的故乡拉马落，流过虎跳峡，蜿蜒向东北流去。1936年4月，中国工农红军第二、第六兵团分别在从丽江石鼓到巨甸的五个渡口抢渡金沙江，取道中甸北上抗日。没想到，我寂静的故乡，曾与汹涌的历史现场那么近。而在七百七十多年前，"摩娑蛮主"阿琮阿良在"剌巴江口"（即现丽江石鼓镇）迎降忽必烈，从此丽江木氏土司家族被推上历史高地，"丽江木氏"的城郭，开始成为中华疆域上的一座边关。

边关

长江第一湾南岸的石鼓镇，有一块汉白玉雕成的鼓状石碑,石鼓镇因此得名。

鼓状石碑两面都有字,一面刻的是第十二任土司木公诗文《太平歌》,另一面是第十三任土司木高所作的《大功大胜克捷记》。五百年风霜,早已将石鼓碑洇成一幅秋雨断续、白雾覆山的淡墨画。浪漫山水间,竖排文字像即将冲锋的军队,等着战鼓再次擂响。

木高的长文藏着惨烈战场:"戊申年,因贼出掠……严君令长子木高率领勇兵殄贼……杀退贼兵二十余万,获贼首级二千八百余颗,如破竹然……"

是的,你以为的旅游胜地、花马丽江,它也如木氏土司般分身众多,它是山水秘境,是禅域道场,也是西南藩篱、烽火边关。

秦时明月汉时关,那些秦汉时明月抚照的关塞,你能念出其中多少名字?山海关、嘉峪关、玉门关、雁门关、镇南关……滇西北并非边境,没有雄伟的关塞,但有古镇。对应着北方的关塞,我一一念出茶马道上的古镇:大研镇、中心镇、升平镇、保和镇……我想,无论是"关"还是"镇",作为基石的还是人民、是人心。

茶马丽江的山水和城镇,除了在诗歌中造句,还在其他语境中遣词。地处与河西走廊、南岭走廊齐名的藏彝走廊间,北顶青藏,南下云贵,东接中原,南方丝绸之路其中一条通过这里,使得丽江的地理位置在政治经略、商贸往来、文化交融上具有不可忽视的作用。这里是自古以来兵家必争之地。

山川似乎不老。横断山脉的沙鲁里山系,自北向南延伸,高山河谷狭长如咽喉。马帮从大研镇出发,绕过玉龙雪山抵达金沙江边后,北上香格里拉中心镇(独克宗古城),再经过奔子栏,到德钦升平镇,然后由芒康入藏。

人群流动如云。在唐王朝与吐蕃争夺南诏的百年拉锯间,聚居丽江的纳西族部落"常持两端,无寇则称效顺,有寇则为前锋"(《资治通鉴》)。到了宋朝,丽江被大理政权统治。1253 年,"摩娑蛮主"阿琮阿良迎降忽必烈。明洪武十五年(1382)阿甲阿得(木得)率众先归。清顺治十六年(1659),清军入滇,木懿率部族投诚。

玉壁金川,茶马古道,也曾铁马冰河入梦,狼烟战鼓动地。

"守石门以绝西域,守铁桥以断吐蕃,滇南藉为屏藩",借着"屏边"的诏喻,精明的木氏土司在滇藏川交界处腾挪转移。平日镇守,上贡朝廷,仅在明朝时就纳贡银 6.6 万两;

战时随军出征,镇压叛乱,公元1398年至1440年的麓川之战对明朝影响深远, 木氏土司随军征讨外通缅甸的麓川土司。《木氏宦谱·木森传》中记述了对战的细节:"奋勇先阵过江,烧营栅七处""获象二只"。

尚武好战,颂扬军功,在越传越奇幻的故事中,木氏土司被塑造成怒目圆睁、持剑策马的"木天王"。

镶着金边的牌匾雪片般飞来:"诚心报国""辑宁边境""西北藩篱""忠义"……明朝文献记载,皇室赐予木天王牌匾多达二十八次。依仗着皇室的信任, 木天王开始向北进军,他的女娲之手开始用力,转动滇西康南的转盘。向西,到达怒江;向北,到达盐井、芒康,争夺盐矿;向东北方,发动二十余次战争,抢占木里黄金、俄亚铁矿,并移民戍守。民国任乃强的《西康图经》中记述:"开辟滇康间文化三大动力,以丽江木氏图强,经略附近民族,为第一动力。"一系列的文韬武略使木天王在史书中留下了浓重笔墨,木氏与蒙化土司、元江土司并称"云南三大土府"。

丽江坝西南方有两座山峰相邻,一名文笔山,状如狼毫笔尖,山体俊秀,山色青郁;另一座山势雄壮,山岭陡峭,山顶两边凸起、中间凹陷,此山名为马鞍山。文笔、马鞍,两座山大概潜藏着这片山川崇文尚武的风水，多次出现在木天王的诗中。想来文治武功的木天王也怀有一颗凡人心，也想着留迹山川，留功史书，留名诗文。

整旅堂堂锋镝场，貔貅奕奕武威扬。

佩刀掣鞘冲星斗，羽纛安营慑虎狼。

沙漠风生秋跃马，金江月朗夜归航。

微勋开拓凭廊庙，遐裔从今载职方。

这首木增的边塞诗《宁西大捷漫赋》，我最喜欢"沙漠风生秋跃马，金江月朗夜归航"这一联，像王维写下的"大漠孤烟直，长河落日圆"，带着盛唐边塞诗的阳刚气象和爱国情绪，沙漠与江河、烈风与朗月、跃马与归船被诗歌的魔法镶嵌在一起，铸造出结实厚重的山河，又释放出旷达浪漫的奇幻想象。

光阴荏苒，情随景迁，时代动荡处的木天王也会写出悲怨的边塞诗："苦将弹出昭君怨，马上谁人不泪弹。""塞月寒笳鼓，征云湿战袍。"这是他的反常态和困顿处。内心的苍凉绝望欲说还休，只能弹出女心阴柔的怨曲，说尽心中无限苦事,再让暗恨穿越时空,与生死两茫茫的"深闺梦里人"惺惺相惜、顾影相怜。

一切随风,曾经的关塞如今是什么模样?

从丽江到香格里拉途中,快到小中甸处,路边有一指示牌——木天王堡遗址。天王堡属木天王的夏宫,也是木天王各条战线的起点和后方,从这里开始,每五十里建一个碉楼,屯兵驻守。如今多数碉楼已消失,只有天王堡坍圮的土墙、沉默的石狮如同天书,不讲谜语,不说真相。

庙堂

"居庙堂之高则忧其民,处江湖之远则忧其君",范仲淹心系天下忧乐的吟唱,让《岳阳楼记》成为传唱千古的名篇。

庙堂与江湖,是有别于山水的另一天地。

对于以"忠义"立身的木氏土司来说,绿水青山中的木府,也庙堂高,也江湖远。

站在木府后花园高处俯瞰大研镇,柳永的词再现人间:"烟柳画桥,风帘翠幕,参差十万人家。"寻常百姓家的瓦顶,灰白相间,如同安坐于阴凉里的老人藏不住时间撒下的残雪,露出了白发,而木府朱楼的黑瓦丝缝严合,顶檐凤飞,瓦面层叠。一栋栋朱楼如同宣纸上官帽朝服、正襟危坐的重臣画像,又像甲胄森然、威势如山的将士雕塑,这些重臣将士又将内心明镜般悬挂于大堂正厅之上:"忠孝文武""乔木世家""为国干城""割股奉亲"……当然,木氏土司的拳拳之心不仅见于牌匾,他们还有诗歌明心见志:

> 木氏渊源越汉来,先王百代祖为魁。
>
> 金江不断流千古,雪岳尊崇接上台。
>
> 官拜五朝扶圣主,世居三甸守规恢。
>
> 扫苔梵墨分明见,七岁能文非等才。

小小的律诗如方正城池,城池之内亦有庙堂。

第十三任土司木高的这首述怀诗《题岩脚院摩岩梵文古碑》,诗意平常,词语规矩,记录他追思怀远,感恩"圣主"礼待的知遇之恩。

述怀诗多是感叹身世、时事和国势。第十二任土司木公也有类似的诗作。诗中追思丽江偏居西南一隅,四郡百姓都姓"和",并且因镇守边地铁桥而得"赐恩多"。述怀寄远,自当努力,文修武进,以表赤诚:"忧国不忘弩马志,赤心千古山河壮。"

文如其人,字见真心,两位土司的诗歌里都流淌着一股溪流般笨拙的真诚。沿着这条溪流溯源,我们大致可以寻得木氏和纳西人的史踪和心路。汉唐时史书中寥寥数语面目模糊,到"迎降"元军,而进入史书的语境,再到明朝盛极一时威震滇西康南,抵达历史高地,一条因势而汇的大河金沙江奔腾向东。

大江东去,如同金沙江在长江第一湾转向东北,木氏土司心中奔腾的江流是什么时候转弯向东的?

从1253年迎降忽必烈,被授予"察罕章管民官"一职,到1485年第十任世袭知府木泰写出第一首成熟律诗,这两百年间,是什么让一条江流改变了流向,让"常持两端"的"摩娑蛮主"成为"忠孝文武"的朝臣儒生?

相应地,纳西人也从"怒则拔刀相向虽死无憾"的山野莽夫,变成了出口成章的山水诗客,我们的心是在哪一个神启的瞬间被撬动,于山水之中见庙堂的?

木府内的万卷楼,典籍上万,积书千箱;木府外的"天雨流芳"牌坊,也立在丽江民间。"读书去",声声字字都是上善若水的劝诫。对中华文化的痴迷，是高山仰止的敬仰，也是润物无声的润泽。当绝句律诗出现在丽江山水间，当玉璧金川出现在平仄格律里，这是地域文化的碰撞、共融，华夏文明的包容生机，纳西文化的兼容并收，彼此互塑，又融为一体。

木氏土司作为一方领袖，先是通过诗文触摸到了中华文化的根脉，惊讶于中华文化的心跳的吧？无数长夜，木氏土司在灯下漫读，浩瀚如海的诗书中，一些不经意间掠过的字词，像小锤轻轻敲打。百敲千锤后，曾经观望风向顺势而动的纳西王变了，字句间镌刻的大义撼动了他的内心，让他也长出了一根硬骨。这根涅槃的硬骨，叫"忠孝"。

于家于国，木氏土司都是纳西人忧国忧民的典范。

史书记载，木高、木尧、木懿三位土司被称为"木氏三大孝子"。木高曾割股肉来医治父亲木公的疾病，孝心感天。

忠心也动地。

明万历十八年（1590），丽江邱塘关旁，觉显复第塔建成，第十五任土司木旺题记，记刻于碑。六年后，木旺受明王朝征召出征，与缅甸军队交战，后殉国。《觉显塔寺记》是木旺仅存的文字，其诗作失传。

明万历二十四年（1596），木青接任第十六任土司职位。

第二年他接到朝廷参战命令,前去平定顺宁大侯州叛乱,不幸阵亡殉国。

第十八任土司木懿在父亲木增隐退后的二十年间,每日鸡鸣便来到父亲卧室外请安,接受教导。木增会教导孝子木懿什么呢?

时局动荡的明末,李自成率军攻占北京,崇祯帝自缢,吴三桂引清军入关,南京建立南明小朝廷……两任土司幽暗的心事、低语的秘密,在家族荣誉和民族命运间长久、悄声、激烈地拉锯,最终木增下令自己世受"龙恩"的家族支持南京。逆境忠勇,南明小朝廷委任木增为"太卜寺卿",位列九卿。但大树将颠,非一绳所维,在第二个南明小皇帝被杀害后,木增的生命在风暴中完结。《木氏宦谱》未具体记录木增死因,他神秘地殉国,不留一字。

激荡风云将木懿一生席卷其中。清顺治十六年(1659),吴三桂率清军入滇,木懿带领部族归顺。不久,吴三桂开始密谋反清,整个云南大小官员争相投诚,只有木懿固执不动。康熙八年(1669),吴三桂把木懿囚禁在昆明牢狱中,拷打折磨。七年后,六十八岁的木懿被放出牢狱,一根悲壮的硬骨把他撑回丽江,从此像他父亲那样隐居山水。

木懿的硬骨是不是照应了那句清脆的诗——"青山有幸埋忠骨"。

隐地

1941 年，一个名叫顾彼德的俄罗斯人抵达丽江。他是"中国工业合作协会"的一员，来到丽江开办工业合作社。除此之外，他还有另一个让人意外的身份——道教徒。

在经历了幼年丧父、战乱饥荒和流亡丧母后，于绝望和幻灭中，顾彼德像红楼一梦的曹雪芹，镜花水月，了了空空。当他抵达人生驿站丽江后，立即认定这是一个有老子精神的地方。在这里，顺应自然的纳西人和山水万物保持着一种"和合"关系，他们视自然为庙宇，尊山水为道场。

自此，漂泊半生的顾彼德沉浸在自然神灵赐予的恩泽和玄妙中，被发自内心的喜乐包围着。

纳西人有着驳杂的精神世界，不排斥、不笃信任何一种精神存在，而是以理解自然的方式接纳外物的本性和规律。

秉持着这样的精神领悟，这片曾被史书称为"古昔榛狉之区"的土地，在几百年的文化交融下，成为多元文化的乐土，这无疑与木氏土司对不同文化兼容并收的态度息息相关。而精通格律的木氏土司更是将这些精神的河流汇入到方寸的格律间，落于纸、写成诗、传于世。那些精神的桃花源，在木氏土司的诗歌中，多以"咏物""隐逸诗"的方式出现。

木氏六公之中，素有神秘主义气息的第十七任土司木青的诗歌气质独特。他的诗遣词淡雅、意境孤清，异于其他五位"木公"。我曾用毛笔隶书将他的一句咏物诗抄成对联："欲借青阴来入砚，任人和露写《离骚》。"这首《题竹》的前两句是："森森万个入云高，风过依稀响翠涛。"

写竹不见竹，却处处有竹影，就像贺知章的《咏柳》，不着一字，尽得风流。

什么样的声音是翠绿色的呢？

当诗人立于竹林，闭目冥想，幽深青翠的竹林布下阴凉落在身上；风过，密叶间藏着一片海，浪声翠绿，鱼有翅膀，竹林在招手。闭上眼，想象自己化作一棵竹，就此遁去，前尘往事落地成阴，任由后人和着露水，写下凡人心，遇忧愁。

木青写得最好的还是隐逸诗，山水情结和高洁风骨给他的诗歌染上冷色、浸入凉意。似乎尘世中的木青总是将身心空着，留着一部分给山野，他在另一种命运中安静无声，独构茅庐,以木石为居,扫室焚香,养和习静。

咏物和隐逸,物之形浓缩着山水的道场,物之道对应着诗人的心性,而所有的物道逸趣,都指向中华山水的伟大传统。

山水是诗人的隐地。

悟言一室之内,放浪形骸之外,其实我们每个人都是"醉翁",意不在酒,在乎山水,而"山水之乐,得之心而寓之酒也"。喜花爱水、看云听雨,有人觉得自己是一颗沉默的石头,或是东篱之菊;也有人把自己比喻成一座山峰。因寄所托,放牧心情,这正应和了辛波斯卡那句"神秘的休憩"。

木氏六公大概在隐逸诗里走遍了丽江山水。

木公暮年病来遁世采药,写下寂静:"鹿行残雪印,鸟散白云深。"

木高写白水台:"云波雪浪三千垄,玉埂银丘数万塍。"

木靖写壮阔:"玉垒千年存古雪,金沙万里走波澜。"

木增隐逸心最炽,也最得法道:"禅心寂静千峰雪,道性空明万里天。""箬笠穿霞归野渡,芒鞋踏露入云扉。""钓笠晴依浦,樵歌暮在途。""采药南山曲,烟云染我衣。呼童收拾净,带得紫芝归。""吾今已觉尘缘梦,来伴山录万虑休。"

　　木增的隐逸诗带着禅诗悟语的清境意,在芝林鹤梦间,让穿入疏帘的蝉鸣松涛,安抚尘劫梦与英雄志。凡尘往事,如入火聚;芝山解脱,得清凉门。所以,我能够在诗歌里看到"散人"木增,他生出与世俗万色相逆的白。这"白"并不是扬抑的留白,不是姿态,而是生命的底色。不着一物,心无挂碍,世间都是白茫茫一片,那万物与我,不过是各自自在,又相互照见。"步入桃花见落花,便同仙子饮流霞",一行诗,妙境界,木增的诗心有行到水穷坐看云起的洒脱,也怀着"天生我材必有用,千金散尽还复来"的自信。

　　在读"木公们"的诗时,我注意到一个非常有意思的细节,那就是"号"。

　　号,古人的自称,古人按照自己的期待和理想为自己命名。第六任土司木得(即明代第一任土司),号垣忠——筚路蓝缕,感恩怀忠;清代降为土通判的末代土司木德,号念祖——家道衰落,叹念先祖;而得时势、盛诗文的"木氏六公"的号是介圣、雪山、端峰、玉龙、乔岳、生白。

　　强盛时的木公们志得意满,自诩高山圣峰,俯视人生和人世。没有创世的艰难,没有末路的悲怆,在忠孝之余,木公借诗歌的翅膀,带着光辉神游物外,像竹林里的贤者,自由、洒脱、不羁,只留下青影,任后人评说。

汉诗为我们塑造了诗人木公,木公也借着诗塑造期待中的自己。卸下尘世的虚荣与疲惫,脱去忠臣孝子、王侯英豪的锦衣,木公写下最真实的自己,塑造最飘逸的诗句。

木公们的隐地最终寄于诗句,他们在方寸之间,散尽人生得失与悲欢。在诗里,木公化身渔夫,在四围青松的玉湖横竿垂钓,钓得锦鲤卖酒钱,酒醉乘着夕阳归;半醒半醉,不乘舟,低头走在沙滩上,随一行鸟雀纤细的足迹,去寻找歌声的源头。他又变作一个山客散人,在春林里寻找草药,看残雪上鹿蹄踩出梅花,看惊鸟散后白云深深。和我一样,他羡慕一个贪杯的农人,看着园里啄食的黄鸡,想象着吃一口肥烫鲜美的嫩肉,噙一口清凉甘爽的白酒。当然,木公也会是鹤梦初醒的隐者,隐居清绝地,布袜青鞋,不问长安。

最终,他与诗,诗人合一,物我两忘。

这是我最喜欢的关于木公的想象。

木公在月夜走出木府,踏上官道,青石板泛着月光的清辉和冷意。走出大研城,他一直走,终于在清晨走到金沙江边。朝露打湿了他的官靴朝服。发觉身体沉坠,木公开始一件一件脱掉锦衣,只留贴身的棉麻。脱去厚重的臣服和尘

世,木公没想到自己如此瘦弱,又如此轻盈。江风吹来,仿佛
都能把他吹到云里。他就这样迎着江风逆着江水走在金沙
江边。江沙让他觉出柔软,卵石硌出他遗忘已久的酸痛,最
终,他被冲上岸的断枝刮破皮肤。木公低头看着脚背溢出鲜
血,突然意识到自己还活着,是鲜活的;意识到自己还属于,
也终于又属于自己了。在这一刻,他是一个普通的凡人。他
大笑着去做渔父樵夫、山民船客,把世界看成身外之物。他
借着词心诗意,一次次将自己重塑,给这一世人生一个重启
的机会。

高山流水

万历十五年(1587),后世学者将这一年看成是一条对
明朝历史影响深远的分水岭。但和历史上许多年份一样,这
其实是平淡的一年,充溢着人间平常的喜事和传世的悲伤。

然而阴阳相生,平淡孕育着传奇,传奇也会归于平淡。

这一年,有两个男孩出生,一个在云南,一个在江南。这
是再平常不过的事,而且这两件事也并无太多联系可以附
会。没想到,在充满玄机和禅意的命途上,两个"本是同庚

生"的男孩,在"五十知天命"的人生垭口相遇了。他们见证了彼此的传奇,也参与了彼此的人生,还共建了一段高山流水的知音佳话。

但在相遇之前,他们还有漫长跌宕的人生路要走。

在云南丽江狮子山下木府里,男孩的出生是件喜事。男孩"生而秀异,如琼林玉树",起名木增。十年后,他继任木氏第十七任土司。

遥远的江南江阴,另一个男孩的出生也给他的书香门第添喜。幼年好学,博览群书,尤钟情于地经图志的男孩早早就立下"大丈夫当朝碧海而暮苍梧,乃以一隅自限耶"的志向。

家族的荣光与厄运成为两个男孩人生的翅膀和紧箍咒。

祖父木旺和父亲木青相继殉国离世,手下部族趁机谋反,木增与母亲罗恭人跃马领军平定叛乱。之后,通过连年征战,木增把木氏功业推向顶峰,威震川滇藏,自己则被称为"木天王"。三十六岁时,木增将土司职位让给长子木懿,隐居玉龙雪山南麓的芝山解脱林。

江阴徐家是江南大户、富裕乡绅,祖上多隐士和书生。和丽江木氏相似,江阴徐氏也是强盛于明代,也见证了明朝的兴衰。不同的是，木氏为世袭土司，可世代为官，而徐氏则需通过科举的残酷竞争才能博得功名。徐氏一族在近百年的科举角逐中，耗尽四代人的心力，均以失败告终。徐霞客的父亲对科举深恶痛绝。正是在这样的家庭氛围中，出现了徐霞客这个"逆行者"：无意举考，志在山水。

为官与归隐，多少人在这首"冰与火之歌"中煎熬？木氏想归隐，但缚于世袭官职，求不得；徐氏想为官，却最终走向隐逸山水。

木氏六公中，木增书法造诣最高，诗作最多，功绩最大，经历也最奇。

他的内心世界陡峭深广。

木增集儒释道于一身，是忠孝两全的儒生，是道号"生白"的道人（道号出自《庄子》"虚室生白"一语）。他还是虔诚的佛教徒，一生致力于弘扬佛法，曾出资刻印了藏文《大藏经》，珍藏于大昭寺。徐霞客在云南停留最久的地方鸡足山，山中悉檀寺便是木氏出资修建，木增是最大的檀越（施主）。

从二十二岁开始漫游，二十多年时间里，徐霞客的足迹遍及各地。没有人知道是什么无名力量在推动他，是什么样的使命在召唤他，年满五十岁的徐霞客"决策西游"。并非贬谪也非朝圣,更不是求奇,游圣徐霞客是以求知实践之心,毅然决定穿过一整个山水动荡的中华南方,去往丽江,溯源金沙。

他们终于要见面了,在"天命"的垭口。

如果在木徐二人的人生路途中找一座山来隐喻他们的"天命垭口",我想那一定是鸡足山。木增有一首诗《登鸡足山绝顶观雪景》,我依旧抄过:

策杖跻云上,真如到九天。

雪铺银世界,光现佛山川。

湛湛心如水,翩翩骨欲仙。

叩门寂不语,已悟祖师禅。

让木增止语悟禅的,是颠沛的心路还是动荡的国势?

偈语藏着时间的谜语。

徐霞客一路步行到达丽江,被迎请进木增隐居之地——福国寺解脱林。解脱林是一处充满禅机隐喻的所在,木徐二人在此是否从世事"解脱",无从知晓,我们只知道解脱林的夜谈,让两个人的命运交融得更深。

徐霞客在丽江待了十六日,然后往南到达腾冲,随后返回鸡足山撰写《鸡足山志》。志书未完成,徐霞客"忽足病,不良于行",仆人也卷财逃走。困厄绝境间,木增派人用竹轿抬着徐霞客和他的游记,费时一百五十六日(最后六日坐船),一路穿过南方山水回到江阴。正是木增仗义相助,徐霞客才得以悲壮东归,世间也才留得《徐霞客游记》这一奇书传世。

弥留之际,徐霞客嘱咐后人,将墓面向西南,对朝丽江。

穿过苍茫时光,我想,木增得知徐霞客病逝的那一天,一定枯坐窗下,望向东方,整整一宿。

木增有一幅中堂书法留世:"谈空客喜花含笑,说法僧闲鸟乱啼。"在岁月泛黄、山水褶皱的宣纸上,一方禅域徐徐展开。世事玄妙谈空寂,却遇花开鸟啼,悟者含笑会心,执迷的人仍在夏日悔念南山的梅花。

木增的凡人心是已然悟透还是依然执迷?他飘逸奇崛、触处成韵的行草并没有为我们写下谜底。或许,这样的话语,懂的人看见了早已是高山流水;不懂的人听一百遍,也只是弦弦掩抑曲调未成。

相传木增最后羽化登仙,神秘离世,留下"金沙江断流,玉龙雪山塌,重回人间"的预言。四百年后,丽江大地震,玉龙雪山一峰塌陷,这一峰,民间叫它"生白峰"。

人间

一个老人,揉着膝,探看窗外的天气。他大概只看到一团昏暗。但在身体里清晰激荡的阵痛,如同云岭间坠下的冷雨寒风,提醒着,他所深陷的暮年阴天。

这雨何时会停?

宣纸已经摊开。

> 哀牢四月莺花尽,丽水经秋雁信稀。
>
> 杯酒不妨山客醉,暮云常带野人归。
>
> 衰年膝痛知阴雨,晚岁晖昏近夕晖。
>
> 富贵畏人贪肆志,洒然胸次更无机。

在狼毫吸饱墨汁、颤巍巍写下这首寄友感怀诗《遯痴堂寄愈光二首》的停顿间,木氏土司(二十二位土司其中某一位)或许想过这个问题。彼时的他坐在旧楼南窗下,也坐在一首律诗的颈联上。他当然知道这雨是隐喻——蒙古和硕特部南下、木府被流寇洗劫焚毁、吴三桂叛乱、咸同乱世十八年、杜文秀起义、改土归流——一场场"阴雨"早就凉透了木氏土司疲惫的身心。

雨不会停了。晴天只在往昔。

天王木增去世的第二年，似乎木氏的气运也耗尽了，厄运不断。木钟被流官知府杨秘设局骗往剑川囚禁，木氏家产被强行没收，木钟忧虑成疾，回丽江不久后便病逝。降为土通判的木德，"遭家变故，茕茕孤苦，承袭通判新职，室如悬磬，贫乏难堪"。清末丽江有民谣："翰林儿子不入学，屠户人家又中举，木氏天王卖地基。"时代发生巨变，这时的丽江木氏，已经失去了木氏土司的显贵、木天王的威势、木公的飘逸，只是一个肉身沉重的凡人。

墨在宣纸上洇开，木氏土司回过神，叹息一声。他不得不承认，自己老了。即使是强悍又狡黠的木天王，也没被时间赦免，也有肉身沉乏的一刻，也会贪生、贪恋光暖，怕痛、怕阴雨入骨。回想当年俯视滇西、金戈铁马的旧时光，曾经的玉壁金川，如今也早已被暮色笼罩，四野昏沉。

黑夜将至。今夜注定又是一个疼痛的夜晚，失眠的旧君王拖着羸弱的凡胎，如同孤魂，游荡在抛下他的人间长夜里。下沉。木氏土司知道自己沉坠很久了。他沉得那么深，像太阳沉入子夜，他沉入曾经俯视的民间，沉入时间深处成为故事。在故事里，木氏土司被民间赋予了新的名字、塑好了新的分身。硝烟马背上的木天王、清冷云水间的木诗人褪去刀光和墨影，染上烟酒气与功利心，成了一介凡人"木老爷"。

然而，当"丽江木氏"的痛苦与荣耀随着旧时空的落幕而归零，他们的传奇故事却开始在民间被虚构得饱满、生动。

正是因为一个故乡的传说，我才去关注木氏土司，也才会去留意徐霞客。

故乡后山有观音洞，近年香火重炽。我去寻幽，见洞外崖壁上，新香烟痕清晰，旧诗墨迹隐约。洞深处，观音静立。我身后，金沙江在下，两岸的云岭山脉向上斜劈，斧刃锋利。被砍裂的天空像一只残破倒扣的青瓷碟，有光晕和水纹流动。那是云，云是天上的江水。

在洞外，三姑父一反往日的寡言，为我讲起那传说：从江对岸看，我们身旁的山包像虎头。木天王手下的东巴算到这地方风水好，山下村子要出厉害的人物，就建议木天王在山包后挖一条沟，把"虎头"砍断，破风水。去年村里请东巴做法事，青壮年男人全部出动，背上水泥沙石，上山填沟，把

"虎头"接上。

传说与历史交叠。让我惊讶的是,历史风云消散几百年后,"木天王"这个原本应当在时间深处落满灰尘的词汇,被我的族人新鲜地说出口。木天王的故事散落各处,仍然"活着",仍然生动活泼。为它扇风点火、添油加醋的作者——生活在这方水土的乡民,为这个仍被续写虚构的故事加入了荒唐的可爱。

我前去采风的纳西族传统村落吾木村,也有木天王的故事。村民说金沙江对岸崖壁上木天王留下的手印至今清晰可见。

在雷平阳散文《骑石之旅》中,我读到另一个有关木氏土司和老虎的故事。金沙江闯过玉龙雪山和哈巴雪山之间的虎跳峡,涛声如虎啸。江中有巨石拦江,这块石头叫"虎跳石"。传闻木氏土司骑虎逍遥巡游领地,得意间意欲驱虎跃石渡江,最终土司落江,老虎遁世,都寻不得踪影,唯有传说和涛声流传在山间。

其实,虎跳石的出现,是二十世纪五十年代修建水电站炸塌石壁,巨石坠江而成。文中写道:"磐石出现在江心的时间距今不足八十年,但很多神奇的传说很快就将这块磐石朝着时间流淌的反方向上移了至少六个世纪。"

这些看似无稽、带着强烈认同感和骄傲心的民间传说塑造，来自人民的智慧萌发和情感涌现。只要有人在，民间强大、灵动、迫切的虚构需求，或许才是故事和历史的主流，能回溯或前进到很远很深的岁月。

大研镇至今仍然有木氏土司的故事流转。

木增被尊为木天王，文笔凌云，慧根极深。民间大概觉得这个男人太刚猛清高又通透寡淡，没人情味，没有体温，没有破绽，于是在道场禅域外为他虚构了一个声色红尘，塑造了一个琴瑟伊人——阿勒邱。

史书中并无阿勒邱的记载，但民间口口相传，提到木增，便会提到这个女子，还有他们之间的爱情。读剧本《木府风云》时，我对阿勒邱充满期待，后来又有些失望：为什么要赋予一个心怀爱情的女子那么多、那么高、那么重的大义？像木增和阿勒邱这样的滇西传奇人物，他们之间的爱应该鲜艳热烈，像山野间的红豆与鸿雁。

可以更浪漫些，我想虚构木增与阿勒邱最初的相遇。我想象着木增像仓央嘉措，白日身为云岭最大的王，在月夜化身世间最美的情郎。

在清雅的宋词时代，有水井，就能听到柳永的词曲，而花马丽江，有幽静处，便可遇见爱情男女，相隔着，"时授"对唱。对唱的人中，有没有可能，木增和阿勒秋刚好遇上？那夜，一定月圆，月色很美，浪漫得让人心慌。阿勒邱与木增隔着龙潭里的圆月，在纳西调里，化身追逐的鱼与水、花与蜂、柏叶与雪花。一曲终了，爱慕暗生，在这个窃窃私语的春天，含苞待放的秘密带着香甜味，飘满了整个天地。那秘密，风儿知道，月亮知道，而他们一定也知道。一首情歌的甜，是爱情必经的小路。

除了阿勒邱，丽江乡野间还有另一个虚虚实实的人物：阿一旦。

我手边的《中国民间故事·云南玉龙古城卷》中，我最喜欢《公喜母喜》——阿一旦冬日上工，刚敲门，被木老爷强行灌下一大铜瓢凉水。木老爷家添了新丁，阿一旦当了"头客"，按纳西习俗得喝凉水替新生儿解除口舌是非，消灾祈福。木老爷见头客是阿一旦，嫌弃他会给新生儿带来穷命，一赌气将凉水全灌给阿一旦，按规矩要请头客吃的米酒鸡蛋带汤圆也赖掉不请了。阿一旦恨得直咬牙。

到了年关准备年货，木老爷叫下人去喊过几次，就是不见阿一旦的影子。木老爷急了，亲自去找阿一旦。一推门，却被阿一旦强行灌下满满一大瓢凉水。喝完，头客木老爷打着寒噤忍着怒气问："公喜？母喜？"阿一旦笑着说："托木老爷洪福，公喜也有，母喜也有，小花也有，四眼也有。"说完，闪开身，身后柴门里躺着一窝刚出生不久的小狗。

阿一旦是否真有其人，像阿勒邱一样已无法考证。但他智斗木老爷的故事却在纳西民间不断流传。（写这个故事时，我突然发现阿一旦、木老爷的故事和阿凡提、巴依老爷的故事十分相似。这类民间故事称为"机智人物故事"，迄今为止已在中华大地众多民族中发现了七百多个类似的机智人物。）故事中，木老爷走在普通百姓间，被调侃揶揄。但这时的木老爷却是真诚的木老爷，在民间故事里，他用尽诚心苦意，从北京请来皮匠和名医，落户丽江，造福百姓。他与民间的寒暖苦乐连成一片，充满烟火味和世俗气，骨子里透着热情和真诚。终于，三头六臂的天王塑像开始片片剥落，木老爷回到了温暖的山水里，他又是普通人了，和所有人一样。

河口的云

河口的母亲

喜欢看云,总觉得云是天上的诗人,它在天空写下大地上的事情。

我站在湿热小城河口一户苗族人家的二楼阳台上,瞥向远处云水——云南的云,掠过这里,便将飘往他乡;红河的水,流经河口,就要去向异国……与此同时,我也站在一位母亲记忆的河口,听她摆渡往事,叙说今昔。

黄昏暗淡的浮光笼着她,记忆纷乱的掠影散着花。苗族母亲手指画空,似乎是在涌来的无形之水中打捞湿木,而她开口吞吐的是另一条隐于时间深处的红河。这条红河正汹涌地奔向她生命的河口,在她的眼井里卷起飘摇的漩涡,让她的皱纹泛出水痕。

苗族母亲说话的声音嗡嗡的。大概，岁月辛苦，她舌面的河床上，沉积了经年的沙石。我极力侧耳听着，但一个异乡人粗大的耳孔，还是漏掉了许多细细的金沙。苗族母亲并没有为我讲述岁月烽火，那些壮阔、刚硬的存在，并不属于母亲的世界，她为我讲述的是丝丝线线密密缝织的寸草心，如何为家人缝织一套衣裳。

我相信，一个母亲的巧手，能为自己爱的人缝出云想花妒的衣裳，而我也知道，一个民族隐忍而伟大的母性，总能从和自己质地相同的柔弱草木中，寻找到自然赠予的实惠，再织出一身厚实的凉服暖衣。

棉、麻、蚕丝和皮毛，这些细小而真切的存在，终将成线，汇在母亲手心，浸满体温和汗水，也将成为游子身上的衣。做一套衣，先织一匹布，织一匹布，需要种棉花或者麻。棉布和麻布，都曾是中华民族老百姓主要的服装面料。按照老祖宗传下的技艺，靠山敬树的苗族人，织布用的是茎皮长、细软而坚韧的麻皮。

苗族母亲的一亩三分地，一定是片窄小的坡地。

我跟随新时代文明实践工作队下乡，到了苗族母亲的故乡河口县桥头乡下湾子村老刘寨。绵延的大围山，如同一场盘旋的梦的甬道，让我深坠其中。我自以为自己也是见惯了高山峻岭的人。在我的滇西北，横断山脉起伏跌宕，神工造就了许多奇伟瑰怪的深谷雪峰，但河口的大围山，让我见识到了自然的另一神奇造化。

在滇西北的丽江、香格里拉，山脉像一队迁徙的巨象群，山体独立而硕大，线条粗犷，气质苍茫。而在滇东南的河口，这里的大围山，山深且陡，黛色的山岭一架比一架高大，远山淡影，带着一股阴柔的绵力，影影绰绰地荡向远方。对面山腰的寨子屋顶上，国旗清晰可见，可要去到那儿，又将是长长一段费时耗力的蛇行盘旋。平地在这里太稀奇了，寸光阴寸金般。当我穿梭其间，有那么一瞬间，内心涌出莫名的绝望，担心自己再也走不出这迷梦一样的山野。

这里是我的他乡异地，这里也是苗族母亲的故园热土。她们世代居守于此，守着国土，守着家园，守着陡峭山坡上的一亩三分地。打开山野间那一亩三分地的钥匙，是母亲的指纹和厚茧，母亲在这里种桃种李种春风，种上苞谷、甘蔗和一畦畦麻。

母亲将田地锄耘得松软，揞上厩肥、土粪和草木灰，在一个春风融暖的下午，靠着老墙，选出纯净饱满、色泽新鲜的种子,用清水将它们洗干净,再晾干。那些稚头拙脑的种子,看着就让人心生喜悦。我想,苗族母亲看着这些小小圆圆的睡美人,内心一定是充满欢愉和温情的,她一定抓了一小把种子,然后双手合十,虔诚闭眼,手轻点额头,许下万物生长、年成丰美的愿望。或许,她的愿望只是奢求地向大自然乞讨,偏心地希冀着在这片田地上空多一点雨水、多一些阳光,她将一个母亲柔软的念力种到了这些种子里。她爱它们,她需要这些种子结出一个暖冬。

万物生长靠太阳。医生总是会对焦急的母亲说,缺钙的孩子要多晒太阳、多晒脊背。棉花和麻都是喜光的孩子,播种下十天左右,母亲就能看到它们从湿土中探出嫩嫩的芽头,小小的叶、小小的手,怯怯地向这个世界招手打招呼——你好,太阳;你好,流云;你好啊,小鸟,你的羽毛真漂亮;你好你好,风儿你好,吹得我好痒;噢,浇水的母亲,你好,太阳那么大,你也喝口水吧。

一旦熟悉了周围的天地,这些幼苗就想快快长大长高,想去撒野,想看看更广阔的世界。它们的根脚急切地在地下奔跑,像鸟儿锻炼自己的翅膀。一旦翅膀硬了,一旦掌状的叶子全部撑开,它们要飞向天,去追风。

这些野孩子，大概没少让母亲担心。母亲在畦间除草时，碎碎念着心口的词，母亲说:要多烤太阳，要多喝雨，但是——母亲往左右看了看，倾向前，对着嫩叶，防贼般悄悄说——要小心风，你们长得太快太高了，已经高过了母亲，可是胳膊和腰杆太细，大风打过来，你们兄弟要团团抱紧了。哥哥们要护好么弟，它最瘦，绿色的身子只有食指粗，我心疼它啊。不要笑母亲总是见风就流泪的毛病，等你们皮肤变厚变糙，等你们开完花，就会结出自己的孩子，到时候，你们也会像母亲这样，小心翼翼又紧张兮兮，看上去像是丢了什么东西却总又想不起来丢了什么……

其实，我并没有去到苗族母亲的那片坡地，崇山峻岭，岁月苍茫，一个他乡客，如何寻得本土根。而那片田地，如今也只能出现在母亲记忆的河流上，像倒影般借光反照。当我去到下湾子村老刘寨，苗族母亲已于多年前离开了她的土地，跟随儿女在河口小城安享天年。她像守着那片田地般守着儿女开的小卖部。在空等的时间里，在走神的瞬间，她是否会想到自己曾用软软汗水浇灌的那方田地、喂养的那方天地?

苗族母亲曾经生活过的村庄，是我路过的一个渡口。这里正在向阳生长，要建设成"河口县现代化边境小康村"。一些有年代的石墙黑瓦的老屋被保护起来。现代化边境小康村的鸟瞰图上，有学校、市场、漂亮的民居和易地搬迁安置点的新房，还有一个大大的街心花园，"美好的生活"已经在来的山路上。

走下一个路坎，突然，一座长城模样、架着国徽的边防检查站——"中国老卡"站闯入我的眼帘。老卡是省级边贸通道，十米之外就是越南——老刘寨的边民们称为"花龙"的地方。

我无法适应这样的存在。

我是在滇西北边疆长大、生活的人。我是一个边疆人。当我因写作而关注滇西北这片血地上的历史风云和人间烟火时，我为我的母族"辑宁边境""忠义"的根骨和血性由衷地骄傲、自豪。但是，我无法在短时间内适应十米之外就是异国这一事实。

我无法接受。在滇西北，我南下北上、西去东往，那只是一个方向选择的问题。但是在这里，当我的目光向南眺望时，内心深处明显地感受到某种坚硬的阻挡……

好在，还是有许多"柔弱处"存在，比如江河，比如草木，比如春天,它们在大地上,可能会有不同的名字,可它们都有可能被人相同地称作"母亲"。当然,母亲的田地,虽然它会在坚硬的国界线边上,但它也是柔软的,不然怎么能够孵化出同样柔软的草木之心?

母亲耕耘的身影,遮住了嫩绿的芽苗——后来,细秆撑开叶手,为施肥的母亲遮挡日晒。起风了,母亲担心风灾;天晴太久,母亲担心天旱;雨天湿长,母亲又担心水涝,只有站在田地间看着、劳作着、爱着、心疼着,母亲才安心。当母亲直起酸痛的腰,手成拳捶捶腰,再成掌,用手背揩揩汗,抬头看向漏出的云天。这一缝云天,抬头看了多少年,母亲可能也记不清了。田间无岁月,只有枯荣和饥寒,母亲只在意植秆长得高不高、壮不壮,甚至都不在意自己鬓角、发间浸染了霜雪。

母亲的坡地上空,云,流转千年,光影变幻,诉说着光阴的故事。

云,让我沉迷。有时候,我觉得云南的云丝轻柔缠绵,像是在讲述一个殉情的悲歌;有时候,云南的云阵厚重、硬朗、磅礴,如同一首首壮阔的战争史诗。

母亲看向云,是只看到晴雨,还是也看到了流经这片天空的过往？

母亲不会像我这个执迷于写作、沉迷于比喻和形容的冷僻技艺者。

或许她也看到了，只是不说也不争。

高天上的史诗，投影到大地的影布，千年的变幻，也只在几个瞬息间。当母亲抬头看云，那些云阵，总在对峙、征伐。风吹起号角，白色的薄云卷起旗帜，厚重的白色云团，腹中藏着马嘶、巨石和炮弹，浩浩荡荡轧过天空。有时候，黑云携着闪电、雷鸣和暴雨，压城而来。乌黑的云层，如同漫天的狼烟。没有谁真正赢过。白云乌云，来来去去。母亲只担心云遮住了太阳，她的孩子要晒太阳。

一些湿辣的汗水，浸到母亲眼里，母亲抬起手，用麻衣刮去双眼的痒痛。就在这一瞬间，天上的云又变了。有些云吊着长长的辫子，有些云扬着黑旗，而和它们对阵的云层，雷鸣带着高卢雄鸡的口音。

一串乌云像冒着烟的火车，轰隆隆地驶过。又一瞬间，所有的云都像是被炮弹炸开般散开了，一朵朵，像人的脸。母亲细细看着，那些人脸是那么年轻。有的脸上染着黑云，像落了泥、染了血。有些云急速地变换着形态，似乎是被疼痛撕扯着,慢慢淡去了。

母亲记不得那么多壮阔的云曾经经过这里。那些云和她无关,她固执地守护、养育着这片田地。田地里,她种下了为她的孩子编织粗衣的作物。在母亲烈日和细雨般的目光下,它们茁壮成长。后来,母亲用收获的麻丝制成麻布,给每个孩子都缝了一套衣服。

母亲记得她的每个孩子穿上新衣服后的羞赧和雀跃。

她能分清她的每一个孩子的容貌、性情和姓名。

她的孩子,有的姓"黄"、有的姓"卢",有的姓"古"。

但他们都是她的孩子,她从不偏心。

战争的硬伤,都是由母亲和孩童承担,最后也都是由她们治愈的。

这是我嫁接的真实故事。

陪同我采访的河口县委宣传部的卢老师告诉我,因为战争,在河口常见的情形是一个母亲带着许多孩子讨生活。这些孩子不全是她亲生的。有些孩子是母亲亲戚的,有些是邻里的。因为这些孩子的父母死于坚硬冰冷的贫困、瘟疫和战火,孩子们孤苦无依,河口的母亲们,便会收养这些孩子。

他们都是母亲胸口柔软的心头肉,都是兄弟姐妹,都是母亲耕耘田地里念念祈福的苗。

光阴交接的秘密

将两条丝线的头搓在一处，拴结成一体，卷在木制的圆轮上，再接上另一条麻线，让丝线在一个回环里无限延长。

这或许就是母亲们所理解的光阴交接的秘密——在每个时间的渡口，将一条载着温润光线的船摆渡向另一边，没有人会发觉，当黑夜向着白昼滑去时，中间会有个让指肚咯噔的结。

流水有没有结？

云里降下的雨滴，落到红河里，会不会就是在那千万个漩涡里，和其他水点一起、打了结，被卷连成一条条长长的水线，继而束成一条宽阔奔腾的红色大江？

六月，炎夏，有雨。流经河口的红河，喜怒无常。

头一天，我喝着冰凉的啤酒，隔着江观望对面一条小支流里的垂钓者，希望他能解我的"徒有羡鱼情"。垂钓者坐了整整一下午，凝固的雕塑一般。但一夜暴雨后，突涨的洪水，高过了所有的鱼标，那垂钓者的闲情，就被蛮横冲撞的河水浸漫，无所寻迹。

浩浩荡荡的红河，从北到南，席卷着它能带走的一切。一些浮木，讲述着失去根的阵痛和乡愁；一些飞鸟低飞着，安慰着失根的树木——飞鸟一生都被绑缚在渴望飞翔的翅膀上，只有巢，没有根，天空就是他们的土地。

但是，天空并不是河口母亲的田地，变幻柔软的云彩，不会成为母亲手指甲掐下的一缕麻丝，或是一朵棉花。

入秋，收割后，母亲坐在屋檐下的阴凉里，拾起一根砍回的麻秆，用指甲掐住麻秆切口的边缘，抠下一角，然后小心翼翼地撕下麻皮。麻皮要放到石臼中舂软，再放到锅里和草木灰一起煮。煮透后，略硬的麻皮就会掉落，剩下光滑的麻丝。这些麻丝，一大把，捏在手里，一次次，撑开了母亲的虎口。那些汇在一起的带着绿意和湿气的麻线，像南溪河，而母亲的拇指和食指弯出的虎口，像红河和南溪河交汇的河口。

河口，有七个世居民族在此居守劳作：瑶族、苗族、壮族、傣族、汉族、布依族，还有彝族。这次采访中遇到的许多老者，他们回忆起曾经热闹的"街子天"（赶集天），各民族老百姓就会盛装出行，仿佛过年般。只要看一眼服饰，他们就能分辨出对方是什么民族。

服饰,是民族简史,也是一部时间简史,很多民族,少年、青壮年、老年的服饰,是不一样的。

制作服饰的原料,有的是棉花,有的是麻,但无论是什么材料,都会缓缓经过母亲的手,如同河流,流过河口。

母亲的河口,河口的母亲,此刻,她们都在我眼前。

苗族母亲的手在我眼前比画着,她在向我形容,撕下麻皮后,要将麻丝放到大石臼里舂软,然后将麻丝一根根结成长线。母亲在空中画了个圆,又画了个十字。我理解了,这木轮是用来卷住打了小结的麻丝的。

天色渐渐暗了下来,饭桌在阳台上摆开,桌上是家常菜:白斩鸡、蒸南瓜、凉拌老黄瓜,熏肉……我像是回家了。嚼着一口酒时,酒辣得我有些恍惚,我突然想:会不会我的前世就是个河口人?不然我此生为何如此偏爱执迷于模糊的边缘和陡峭的悬崖?

苗族母亲特意将白斩鸡往我的方向推了推,她大概是看我只顾着和她儿子说话,没有搛肉吃,想让我多吃些肉。在母亲的心中,永远觉得子女太瘦,需要好好吃饭。母亲的手背上,血管弯曲、皮色暗沉,手指上圈满了深深的皱纹。虽然离开了耕耘的土地、繁重的农事,来到县城的子女家颐养天年,但一生都闲不住的母亲,肯定依旧每日忙着用手揉捏生活的琐碎:洗菜淘米、缝补衣裤、给秀眼灵动的孙女洗头发、为晚归的儿子拉亮守夜的廊灯……有时候,她也会从箱底拿出从老家带来的、为自己缝制的百褶裙,放在床上,借着灯光,看着。当指尖划过裙面,那些收藏着记忆的丝丝线线,一下就苏醒了。往事是一根断线,等着你我拾起,随着往事断去的还有青丝里的黑夜和皮肤里的晨光,无法连接,无法打结。

母亲们一根根接起麻丝,但逝去的岁月、掉落的头发无法接上,接上的是脸上和手上的皱纹。

在去河口县布依学研究会采访,聊到河口县的布依族妇女头包蓝布帕。陪同的河口文联张老师讲述了一件事:她有一次想将长发剪掉,她的一个布依族嬷嬷听说后,就来和她要头发。

我问:"你嬷嬷能把头发接在自己的头发上?"

摩挲大地,寻觅中华,我一直相信,在广阔的大地上,存在着一些不为常人所知的奇技秘术,暗通天道地理。一根根光润的黑发,续接到干枯的白发上,像春天杨柳发芽,一树翠绿在风中依依。

但我的天真,不能掩饰我的疑惑,这是个傻透了的问题。

最后,我得到的答案,并不关乎什么回春的玄术秘法,而是在再平常不过的人心:河口布依族妇女是用头发编成辫子,包裹固定蓝布帕的。

我不知道布依族有没有这样的习俗,或者,"借发"只是一个头发渐渐稀疏的女子爱美的、虚弱的虚荣。这是每个女人都会有的心事吧?双鬓如霜,长发负雪,当一个女子对镜梳妆,看着镜中垂下斑白稀疏的头发,内心的恐慌和孤独,碎了一地。那些细细的匕首,得小心藏在鞘中,一不小心就会伤到自己。

有谁会在静夜无眠时,去抚慰一个女人面对白发,内心瞬间暴起的雪崩?或许那些辛勤的女性,就连她们自己也不会给自己太多抚慰。在采访河口世居民族时,我了解到一个普遍认同的事实:在这个边境小城,女人承担着比男子更繁重的生活劳作。当然,这个"发现"其实放到哪里都成立。

最是人间留不住,朱颜辞镜花辞树。不仅爱美的女人,就连我这样一个粗糙的男人,当在镜中发现自己衰老的痕迹,内心的山崩海啸,也会让我生出世界摇摇欲坠的错觉。

一个男人,用自己骄傲坚硬的自负对抗崩塌的心绪,而一个女人,或许就是借着柔软慈悲的性情,将自己摆渡至岸。

斑白的发辫包住蓝布帕,刺眼又伤心,不如去要一束年轻的黑发,编成辫子,直接固定在蓝布帕上,将白发藏起,迟暮的心,也被续接到那段柔美和煦的春光上。

夜与银河

如果能从天空俯视滇西北高原的金沙江和横断山脉、俯视滇东南的红河水和大围山,会看到什么?

假如能像梦境那样,将云南天地斜线对折,那么滇西北和滇东南的原野江湖就会出现在彼此的天空上。这将是一副奇景。一边是高冷雪原,三江并流,雪峰林立,山藏古雪阴的"水乳大地";另一边则是湿润的热带,植被葱茏,江河交织,色调青郁,气质苍劲,并且山峦褶皱如同"青衫水纹"。

这是两片气质迥异的天地,冷热、高低、宽窄都大不相同,都大有可观。还有生活于此的山河故人、居守民族,花开两朵,各表一枝。一方山水养育着一方人,你的服饰、房间、母语和性情,都被这片山水浸染,都带着这方天地的属性。

漫漫迁徙之路，镌刻在大地上，也被母亲的手缝在衣服上。滇西北的纳西人，将迁徙之路缝在一对用于把羊皮披肩系在身上的白布长带上。滇东南的苗族人，则把颠沛的来路染在百褶裙里。按照迁徙的路线来看，滇西北的诸多民族，是从游牧于西北的古老民族氐羌在迁徙与周围的土著民族融合，逐渐形成新的族群。而滇东南的一些民族，则是百越后裔，沿着中华版图沿海的半月圈，自东南迁来。都是自然之子、山水亲人，衣食住行，也就都效法自然。滇西北各个少数民族制作衣服的原料多取自牛羊皮毛，滇东南诸民族则多巧借柔软的草木。

从前做一套衣服要一年半载，母亲们制衣的技法粗拙，制衣的工具大多也是借于自然。自然总是赠予人们一些细小而真切的实惠。在大围山，河口的母亲们会将褪去粗皮的纤维表皮放在布袋中捂一段时间。随后烧水，放入过滤蜂蜜剩下的蜡，再放入纤维表皮，煮沸，捞出晾干。真是物尽其用，蜡会让纤维表皮更加丝滑、柔亮，或许还会带着淡淡的蜂蜜的香甜。用大石头压平后，就可以将之捻成丝线。

瑶族人制衣的原料用的是棉花。

河口县是云南省唯一一个以瑶族为主体的自治县，瑶岭风情，回唱群山。瑶山乡是河口瑶族自治县的主体民族乡，因为民风民俗保存完好，传统民族特色十足，是全国"蓝靛瑶之乡"和"美丽瑶乡"。2016 年，这里建成了瑶族同胞寻根访祖、记住乡愁、祭祀"盘王"、进行文化传承的"盘王广场"，每年都会在此举办隆重而庄严的"盘王节"庆典活动。

盘王是瑶族的祖先和英雄。盘王传下瑶族十二姓，繁衍至今，这段维系血脉的历史，被物象化、图腾化成盘王殿和十二姓氏柱。瑶族人身上的血脉，在盘王广场上被捏成一颗心、塑成一根根硬骨，骄傲地立于地、顶着天。一个民族，只有知道自己的来处，才能安心、长久地行走世间。继往，才能开来，也才能在岁月中砥砺前行。

盘王广场建筑高大，气势磅礴，一个民族的自强、团结和尊严凝聚于此。我感受得到，这里的建筑气息带着男性的雄壮、阳刚。而在瑶族文化陈列馆和传习馆，我又被另一种气息所牵引。

岁月烽火，需要阳刚的根骨和血性去守护家园。山河沉静，需要柔软和慈悲，为寻常日子添上体温和指纹。不论是哪个民族，不论制衣的原料是牛毛、羊皮、棉花还是野麻，孩子身上衣，都该是母亲们一根根捻线、一针针缝合的。

陈列馆里对排陈列着蓝靛瑶、白线瑶、沙瑶、红头瑶等河口瑶族支系的服饰。

这里的服装都是由棉花织染而出的青黑色土布缝制的，整体色调偏深偏冷，如同瑶乡静穆厚重的山野般深沉、内敛，朴实到了"大音希声"的至简之境。耐脏、耐磨，穿在身上轻盈又清凉。

就是这样简洁朴实的衣服，却为追求美好的抒情留下了空旷的空间。在青黑土布暗沉的底色上，瑶族女性喜欢在胸前缀上一大束色彩鲜艳、长度及腰的毛线。毛线以粉红色为主、白黄色点缀。青黑色长衣前缀着一大束活泼灵动的毛线，仿佛夕照下群山间淌着蜿蜒晶亮的江水。面对这一束深沉青黑土布上鲜活生动的毛线，我心潮涌动，激动不已。

我想，河口的瑶族同胞，是将红河挂在了胸前，也将青色的大围山穿在了身上。

马尔克斯在《百年孤独》里写："我们趑行在人生这个亘古的旅途，在坎坷中奔跑，在挫折里涅槃，忧愁缠满全身，痛苦飘洒一地。我们累，却无从止歇；我们苦，却无法回避。"瑶族人身上这套朴实得近乎讷言、浪漫得如同诗歌的衣饰，就是"在挫折里涅槃"，是"劳绩中的诗意栖居"，是对美好生活的无限向往。

这世界对于富有的想象，是对物质世界的挑战，而在贫乏之中，却也催生了人们对美的浪漫想象和模仿创造。极致的朴实，会将生活推向极度浪漫的想象；极端的贫乏，又会将精神扩充到极度丰盈。而这一切的底色，都是母性的慈悲和柔美。

在滇西北，纳西妇女身上的羊皮披肩有一个美丽的名字，叫"披星戴月"。"披星戴月""丰满的母性之花"呈现出来。一生披星戴月地辛勤劳作，柔弱的身子也将"披星戴月"披在身上。"披星戴月"是由整张羊皮缝制而成，外形是有生殖崇拜意味的蛙。羊皮上部三分之一的面积缝裹上衬布。衬布上首在肩膀位置缀有两个圆布盘，代表"日月"。衬布下方、羊皮上方，缀着七个直径三寸的圆布盘，代表"七星"。七星中心，还垂有两条麂皮细带。一开始我不明白这些麂皮细带是用来做什么的，直到有一天我突然明白，这些麂皮细带象征的是七星射出的光芒。那一刻，我激动得近乎流泪。

这是多么美妙、多么浪漫的创作啊。这些灵感，彰显着大地上劳作的人们，是多么想和自然血肉相连，以此获得力量，也获得生活中锦鲤一样的诗意。

我还注意到，瑶族人胸前缀着的彩线，也经历了手工编织和机器针织两个不同时代、不同世界的更迭。机器针织的毛线，伴随着殖民的历史而来，这其中，一定有一些隐秘的痛痒，但最后，母性文化极大的包容能力，让舶来的异物成为装点日常生活的美饰。

河口的夜色降临在苗族母亲家的阳台，我们还就着微弱灯光，喝酒闲聊。这美好的夜晚，或许已经有瑶族人经历了一天辛苦的劳作，在进入梦境之前，脱下红河般流动的毛线胸饰，再脱下大围山般的青黑色长衣，准备沉沉睡去。一个美好的梦等着她，也等着所有人。梦里，瑶族人民穿上了夜的锦衣，同时，拉起银河，把银河束在胸前。

草木壮心

一瞬间走神，绣花针刺破了她的手指，一颗血珠在指尖迅速隆起。年轻的她原本想将血珠吮掉，但转念一想，便将血染到自己正在绣的围腰上的一朵红花上。红花更红了。

"会绣花的姑娘才会当家"，这是一句壮族俗语，也是她的母亲时时在她耳边念叨的话。原本，绣花对于她来说已经是一个熟悉得生出巧意的活路了，为何今天突然会扎伤自己？细小的针眼牵着柔柔的线，也牵着幽幽的情。手指上又聚起了血珠，这血珠像不像河口县壮族"沙支系"的男女结婚时的"抹红"涂料？

姑娘的脸红了，红过她正在为自己缝制的围腰上的红花。想起未来繁花似锦的那一天，她身上一阵血热，她想将血抹在自己脸上，再照照镜子，方觉出自己的花痴。阿哥在做什么，心里会不会也有想念？又一个心旌摇曳的瞬息，一股暗恨涌上心头，有情人天各一方，时间太长，离别太久，太轻易就穿过心眼……

手上的血珠，已经有些凝固了，深红色，姑娘把血染到红花瓣上，颜色深沉，像被泪打湿过……

在我眼前的是一块壮族妇女的围腰。

彼时我去到河口县桥头乡中寨村芭蕉田村民小组采访，这个村寨是国家民委认定的"中国少数民族特色村寨"，居住着壮族同胞。陪同的村干部说我们来早了几天，每年6月，这里都会举行"花米饭节"，非常热闹。花米饭是壮族饮食文化最具特色的标志之一，用不同植物天然色素泡染的特质糯米饭，蕴含了壮族的信仰精神。现在，花米饭已经走出壮族人家,走向市场。

我看着五颜六色的花米饭和精美绚丽的围腰,能感受得到河口壮族人家的生活美学,也是对绿水青山的感恩和辉映。

壮族女性精于织锦绣花,头饰、上衣、筒裙、围腰、绣花鞋以及小孩的童帽、裤袜,都能绣制,围腰更是织绣艺术的集中体现,织绣的围腰图案精美、绚丽细腻,既可取暖又可当作装饰。

想来壮家女人都长着一双巧手吧,她们是天地间的画师。我见到的那块围腰,工艺精湛,精致鲜艳,上面绣着金花茶、紫檀叶、喜鹊、红日,都是些温和喜人的事物。她们是把自己的心绣在土布上。巧手一穿,便绣上半个春天,再绣上云影、水波、花香、鸟鸣,把天堂绣在围腰上,目遇成色,耳得为声,自然赐予的宝藏,点染着辛勤的晨昏和轮回的四时。

在去河口县南溪镇采访时,一位壮族人对我说,壮族人喜欢居住在水边,喜欢草木。她说她母亲不识字,但却认识许多叫不出名字的草药。她小时候生病,母亲就会焦急地去山野中寻来治病的草药,煎成药汤,让她喝下。

我想,整个大围山,就是壮族母亲的药箱。

　　或许我可以去掉民族称谓,就单单只说——母亲。大地上的母亲们心里,都私藏着许多神神秘秘的良草土方吧?我的母亲就是这样,她总是会泡些草木的水,强行让我喝下,或是让我用艾蒿蒸脚。有没有效,我无法判断,但那些汤水上飘摇的浮光,都是母亲揉碎煮沸的草木之心。母亲像是伟大又渺小的草木的信徒和通灵者,一旦孩子生病,母亲就会到山林里寻来草药,熬成汤药给孩子服下。这些柔弱的草木精魂续接了同样柔弱的孩子的生命,也安抚了母亲的忧心。母亲知道哪一种草药可以止咳,哪一种可以清洗过敏的皮肤,哪一种上火时喝下清热败火;还有的是有毒的,不能吃,但可以治疗皮癣。

　　我曾听普米族诗人鲁若迪基讲述他小时候生病,在梦与醒之间,听到她母亲为他喊魂。母亲们相信,喊魂的声音是可以穿过九天九夜、穿过九十九座山九十九条河的。当还是孩童的诗人在醒醒睡睡间听到母亲站在山坡上呼喊他的名字,像是听到从很远很远的地方传来的雷声。母亲的声音一定满含忧虑和祈求,她的声音,就是走丢的魂儿回家的路。

　　当那位不知名的焦急的母亲,扶着自己孩子的头,将碗送到孩子嘴边,看着孩子喝药时,她一定是念念有词的:她在呼唤孩子的名字,她在祈求草木显灵。那时的她,将整个身心都匍匐在草木前。

河口的夜色,也彻底匍匐在我们脚下。苗族母亲为我们点上蜡烛,增加一些光亮,好让我们能够看得见桌上的菜。她大概还不满意这昏暗的光线,又走开了,回来时,拿着一支电筒,她举着电筒,为我们照着菜。"这可使不得啊。"古老师温声细语地劝着她母亲,这让母亲有些焦急。这让我感动:母亲们,总是怀揣着一些笨拙朴素的爱,像草木。

母亲们是那么像草木,又是那么热爱草木。她们爱草木的色彩,爱它的柔韧,爱它的清香,最后母亲们也像草木那样怀抱着清苦如药的慈悲。

但含着慈悲的母亲们,她们的一生,或许也清苦如药。

在我的想象里,绣花是一件优雅的趣事,应当像古时候少女浣纱、采茶那样轻盈灵动,让人生爱。绣花应当是一两个慈笑的妇女、三四个巧笑的女子,在清泉石上,在暖风花下,在柳阴间,嬉闹着绣花。但真实并不是这样的。有那么多事要做,有那么多孩子要养活,母亲们留给自己的闲暇时间是很少很少的,能够让母亲们轻松舒适地捻线绣花的情景也是很少的,她们总在劳作中。所以,当河口县朋友古绍勇说起他小时候常见的一种情形，并说出"行走的衣服"这几个字时，我如被雷击。一个急忙赶路、手不停地捻线绣花的母亲形象跃进脑海。母亲只有在挑水的路上，在背柴的归途，在睡前的间隙，才能为家人、为孩子，手脚并用地捻线缝衣。

一根根细线、一个个针眼，母亲用这些刻度来计算脚步和时间，但她算不出什么时候能为自己绣一个精美的围腰。她身上的围腰，还是结婚前她自己绣的嫁衣。穿在身上这么多年，红花都开旧了。

天地诗人

苗族母亲在我面前摊开她珍藏多年的百褶裙时，我才知道之前她在我面前搜肠刮肚、连比带画形容的"蜡染"是怎么一回事。

百褶裙是一个立体的存在，它青色衬底，经纬交错。褶痕经线般从上到下，繁密复杂的图案和色彩鲜艳的条纹，则像纬线，左右连通成圆。"染""绣"和"缝"让百褶裙呈现出凹凸繁复、层次分明、图案立体的特点。这样一件艺术品，工艺着实复杂,而原料,又朴实得让人惊讶。

苗族服饰中,制作百褶裙是最耗神费力的,工序复杂。织好土布后,按量裁布,然后用蜡刀一点点、一笔笔蘸着融化的蜡绘制图案。

蜡,用的是过滤掉蜂蜜后剩下的蜂蜡。有些事物双生,却形同水火,这就是造物的神奇,万事万物相生相克,也只有这世间最无味的蜂蜡,才能存得住花心最甜的蜂蜜。蘸着融蜡,按着预想的图案,将它一点点浸到土布里,这是需要体力、眼力和心力的。你要从无味的蜡中提取出山川四季,我觉得,更重要的是刻在天性里的乐观想象和浪漫诗意,要像个诗人,为一条裙子点上山水。

中华广袤的大地,收容了苗族人旷达恢弘也艰辛错综的迁徙之路。翻过一座山,便打一个褶;走过一片洼地,就记下一个凹陷。长江和黄河,用红黄的彩线绣在裙子上,流水汤汤,天地悠悠。画下蕨草、螺蛳和桃花。在框格内,画上曾经栖居的家园,有屋顶、门窗和族人,一个都不能少。

在一些空闲的地方,母亲还想把"花山节"画在上面。画下吹响的芦笙,让苗族民众聚到花山场的花杆下,让他们跳三步舞、蹬脚舞,打"芦笙架",斗牛。再画下山歌、信物和爱……

这肯定是苗族母亲最喜欢的一条百褶裙，她抚摸着裙子，像手梳过子女的头发。从老寨子里带到城里，这么多年，百褶裙一直在她身边，浸染了她的汗水、指纹和目光。当我离开时，我前去道别。苗族母亲坐在自家的小商店中，神情自足而祥和。告别时她向我招手，依旧声音嗡嗡地叫我有时间再来家里坐。

我不知道苗族母亲会不会再缝一条百褶裙，如果会，她会不会把现在安恬美好的生活绘制到百褶裙上？

苗族母亲正安享着她的晚年。她今年八十二岁，在和她交谈过程中，苗族母亲目光明亮、思维清晰、行动自如。养大了六个子女，一生经历的辛苦，早将柔韧的她敲得硬朗。子女轮流赡养她，对她孝顺。因为户口所在地，那个边境小村，苗族母亲还享受着两项国家政策补贴：每月118元的养老补贴和每月50元高龄补贴。这或许是她以前从没想到过的生活，幸福且实在，唯一的遗憾，或许是时间仍在流动。

苗族母亲只是千万河口母亲的其中之一，千万个母亲会聚在一起，就成了我笔下的"河口的母亲"。她们一生匍于琐碎、困于劳作，无法去讲述太多的大爱和大痛，但她们身上的柔韧包裹着坚强的生命力,顽强地守护着自己的家园。她们是河口的另一种底色、另一条红河。

生活的寻常日子,像蜡,蜡刀刮过布面,如同我们经历的疼痛。或许,百褶裙是一种人生的隐喻,我们的生命都是融蜡绘制、靛蓝浸染的,直到某一刻,沸水一煮,蜂蜡脱落,关于苦难还是幸福的箴言,就会显现。

母亲们一定记不得曾有多少次,在水雾升腾中,看着染布上的蜡被沸水慢慢煮化,现出蓝底白纹的图案。那些蜡,在沸水中升腾、漂浮,它依旧是无味的吗?

当苗族母亲站在记忆的河口、断断续续地为我讲述如何缝制一件衣服时,向她涌来的不只是制衣的回忆,一些暗流隐藏其中。

我是个生长在好时代的人,从小没有挨过饿,无法体会冷硬锋利的饿,在胃里磨石的痛苦。我也无法体会贫穷的坚硬冷酷。一个不知从何而起的故事,就是被饥饿和贫穷,推到我面前:丈夫是一位赤脚医生,出门替人看病,大概过些天就回来了。回来,就会带回些粮食。家里最后的粮食都给孩子们吃了,苗族母亲是饿着的,可她还得去做活儿、挣工分。她在胃部泛酸的痉挛间,盘算着丈夫回来的时间。但她太饿了,饿得锄头落地传回的力量,都震得她头重脚轻。

好不容易回到家,实在坚持不了的母亲,去寨里的邻居家借了一碗苞谷面饭。

吃了这碗苞谷饭,就会有力气了。

那碗苞谷饭就在眼前,苗族母亲却犹豫了。借来的饭,是要还的呀。这又让她有些舍不得,觉得自己还能再忍一忍。

胃里泛起一阵黑,一直蹿到母亲眼底。

怎么办,怎么办呢?

不知是饿得出现幻觉,还是出于怜悯,在母亲心神交战的矛盾瞬间,上天给了她神启,让她成为一个天真浪漫的诗人。

母亲打来冷水,倒进碗里,泡着苞谷饭。她想像沸水脱蜡那样,用冷水逼出苞谷饭里那淡淡的甜。她觉得那一丝丝的甜能抵住饿,而且饭还能还给邻居。

母亲喝掉了那碗苞谷饭水。

她一定不饿了。

追时间的人

一

当我们整理完采访的录音、文字资料,朋友们记忆深处纷繁的"宣科往事",如同萦绕着玉龙雪山的云雾。往事如云烟,唯有梅花似故人。作为晚辈的我们,对宣科先生并不熟识。他和纳西古乐于我们而言——明明如月,高山仰止。因这一次的机缘,有幸采访了宣科先生的朋友们,也从他朋友们的追忆怀想中,了解到一些往事,渐渐在脑海中拼凑出宣科先生的形象,只是那形象模糊、单薄、飘荡。随着采访不断深入,过去的山川、曾经的往事、逝去的故人,在我们眼前不断重新浮现,重新焕发生机。某一刻,宣科先生从不胜寒的高处,慢慢下降,降到人世的烟火和尘埃里,开始有血肉、有呼吸、有白发,他模糊、单薄、飘荡的形象,开始在云雾缭绕的岁月山川间奔跑起来,而且越跑越快,像风一样。他总是追切地往前追,如同夸父,固执地追逐太阳、光热和生命。

宣科先生在追什么呢?

追时间。

宣科先生是个追时间的人。

时间是每个人的菩提,时间也是我们每个人寻找宝藏的迷途。那宝藏里,有我们从父母辈继承的荣耀和痛苦,有我们独面时间的喧嚣与骚动,也有我们对未来猜想的傲慢与偏见。我们都觉得宣科先生是悟透了时间的人,这个像夸父一样满怀热血与激情的人,其实在很小的时候就懂得了时间的妙义。但世事无常,恰恰是时间,奏响了缠绕宣科先生一生的冰与火之歌。

二

在采访过程中,我们忽略了一个至关重要的问题。我们所问及的"宣科往事",多是四十八岁以后,宣科先生奋斗、成名的故事,鲜有问及他的前半生、他的童年、他的至暗时刻。在滇西北有句"老话":"三岁看大,七岁看老。"宣科先生之所以成为宣科先生,并不是突然间蜕变而成的。一首纳西古乐所拥有的起承转合,可以印证我们的人生。

就让我们去到时间起处,去看看宣科先生的童年。

语言决定论的观点说,语言决定思维,语言决定了我们对世界的认知。不同的民族和文化在思维方式上存在差异,理解、融入世界的方式也就不同。一种语言带来一个世界,多种语言带来的思维熔铸成一体,将构建如万花筒般的多元精神世界。

宣科先生成长在一个多元血统、多元语言、多元文化的环境。他的祖辈是明代从安徽移民来到云南的汉族人,曾祖母是纳西族,祖母是藏族。宣科先生的父亲宣明德能说七种民族语言,是纳西族第一个会说英语的人。宣科先生的父亲与洛克、顾彼得等人交往甚密,他们给宣科先生带来更广阔的外部世界的消息,也让他得以观察了解外国人是如何理解滇西北这片土地的历史、空间和人文的。宣科先生的保姆是德国人。他自幼进入丽江的教会学校、私塾求学,接受中国和西方文化教育。不同的语言特有的思维方式打开、丰富了宣科先生对世界的认知。

除了语言对思维的濡染,音乐、绘画等艺术形式的熏陶,也在不同维度打开宣科先生认知世界的大门。音乐与绘画是另一种"语言",是比语言向度更深、密度更大的能够联通世界和人类的时空存在。宣科先生六岁时就接触了小号等乐器,音乐成为他观察、理解世界的一条通道。以优异的成绩毕业后,宣科先生到昆明继续学习艺术。不同语言、文化、艺术带来思维方式的碰撞、交错,最后被"熔"为一体。宣科先生的精神世界不是平面的,也不单单是立体的,我想,在多元文化的熔铸下,他的精神世界是多层次、多维度且圆通的。人们称宣科先生为"鬼才""狂人",其实是他看待事情的角度、速度、高度不一样。宣科先生的精神世界,大概像电影《盗梦空间》,他可以在其中自由切换,因为他是一个"熔"时间的人。

在采访丽江日报总编室主任和继贤老师时,他说宣科老师的思维是跳跃、创新的。从 2001 年开始,和继贤老师担任宣科先生的秘书十余年,跟随宣科先生做了很多重要的事。他先给我们讲了一个趣事:刚刚跟随宣科先生时,不习惯宣科先生的思维方式,脑子跟不上。每次坐车外出办事,他都十分紧张,随时防备着宣科先生问话。宣科先生会说一句什么话、问什么事情,思维跳跃得他无法预料。

关于纳西古乐的发现、挖掘，和继贤老师做了一个比喻："就像丽江古城、玉龙雪山，对于我们来说，因为太熟悉而有些麻木了，但宣科先生不是这样的，他的思维和我们不一样。纳西古乐以前就有，大家对它习以为常、熟视无睹。宣科先生发现了纳西古乐的艺术价值、经济价值和社会价值，并提高了老艺人的社会地位。当然，宣科先生的'音乐源于恐惧论'、对热美磋的研究、对《白沙细乐》的探源，都是先积累了扎实的田野调研资料，才通过创新思维去发现其价值的。"

"跳出丽江看丽江""跳出纳西古乐看纳西古乐"，宣科先生借助他跳跃、创新的思维，独辟蹊径地让世界认识了沉睡已久的纳西古乐。

三

我一直觉得，"遗忘"，是人类基因设定中的一项慈悲的存在。世事太深，记忆太浅，让时间归于混沌，让世事流向模糊，记不得太多，有时候也就不会那么痛了。但是并不是所有的世事都能遗忘，有些时间，你得清醒地熬着，看着时间如钟乳石上蓄积的水滴，许久才缓缓滴落。

宣科先生曾受过二十一年的牢狱之灾。这是我们回忆、谈论宣科先生时，无法避免的存在。宣科先生出狱后，当时的人们还一度以对"劳改犯"的偏见来对待宣科先生。宣科先生不以为意、淡然处之。世人都说，当局者迷，旁观者清。但如人饮水，旁观者又如何能体会当局者困于幽暗之间的遗恨、不甘和悲怆？将心比心地想，如果是我被蛮横地夺走了二十一年的青春岁月、被夺去人之所以为人的自由属性，我不敢保证我依旧是一个精神健康、人格健全的人，更别说像宣科先生那样在近天命之年重返社会，还保持着对生活、生命烈火一般的热情。

有的人的生命华美如青花瓷，但易碎；有的人，却像屋顶的瓦，粗粝、坚韧。无法想象宣科先生被夺走的那二十一年，他是如何度过的。恶劣的生活条件、残酷的生存环境、长期的孤独隔绝，希望的烛火可能一吹就灭。磨盘般的时间一寸一寸、一刻一刻地研磨着你清醒的痛苦。宣科先生在个旧监狱服刑时，要去淘锡矿，作为劳役。宣科先生说那苦活路，就像大浪淘沙。淘锡矿的宣科先生或许明白，自己的时间和生命，像闪着光的矿砂，正悄悄从手中溜走，却无可奈何，抓不住。宣科先生曾对和继贤老师讲过一段铁窗往事。宣科先生会画画，有一次被安排画一些伟人像。宣科先生很好地画完，并得到了一包烟的奖励。有人问："宣科，你说这几个伟人谁最难画？"宣科先生没防备，想了想说："马克思的大胡子乱七八糟的，最难画。"因这一句无心的回答，宣科先生在后来遭受的灾祸中昏厥过去。很多年后，宣科先生手上钢丝穿过手的痕迹，仍清晰可见。

在监狱中失去的仅仅是自由和时间吗？有一天宣科先生突然觉得心神不宁、心跳异常，仿佛是对什么事情有了感应。后来才得知，那一天他父亲去世了，那个带给他广阔世界的人，从这美好的世界消失了。

宣科先生说，音乐源于恐惧。

是什么样的恐惧呢？是在无涯的黑暗中，面对孤独、憾恨、劳役、疼痛、煎熬、生死的恐惧……我想，宣科先生的"音乐恐惧论"，并不全是天赋所致、由奇思妙想而得，而是他通过对生命真实切实结实的体验，才凝练出的艺术哲思、痛的领悟。

宣科先生的这一段经历，让我们想起三个人：史铁生、曼德拉和《老人与海》里的圣地亚哥。

史铁生在"活到最狂妄的年龄上忽地残废了双腿"。当年的"黑马王子"宣科先生,也是在最繁花似锦的年龄,失去了自由的时空。史铁生说:"就命运而言,休论公道。那么,一切不幸命运的救赎之路在哪里呢?"宣科先生知道。

铁窗面壁二十八年的曼德拉有句话这样说:"当我走出囚室、迈过通往自由的监狱大门时,我已经清楚,自己若不能把悲痛与怨恨留在身后,那么我其实仍在狱中。"

采访蒋明初老师时,蒋老师说起曾拍摄过有关宣科先生的纪录片。宣科先生曾和他一起重返个旧监狱。宣科先生旧地重游,往事历历在目,两鬓斑斑霜雪,感慨万千。蒋老师与宣科先生认识多年,曾拍摄过《乐土古乐》《宣公八十》等纪录片,对纳西古乐的前世今生十分了解。他对宣科老师幽默豁达的处事风格十分欣赏。蒋老师感慨,那么多时间若还给宣科先生,"不知道他要做多少事"。

宣科先生在走出囚室时,就已把监狱留在身后了。不否定过往,不菲薄未来,他以丰沛沸腾的生命之力融入人间。他对生命的状态总是饱满热情。原大研中学、实验学校校长和学佳老师说,从宣科先生出狱他们就相识,至交四十多年。和老师说宣科先生总是精神饱满且乐于助人,他总会问别人："需不需要我来整？"

《老人与海》里硬汉圣地亚哥的故事，我想很多人都读过。里面那句名言，我引用在这里："一个人可以被毁灭，但不能被打败。"宣科先生也是许多朋友眼中的"斗士"。他的书房在三楼，有一次他生病，无法上楼，但他不让人搀扶，最后咬牙爬着回到了三楼的房间。事后，他对和继贤老师说："跌倒也要抓把土。"

时间是一面镜子，每个人对待时间的方式就像是对待自己的方式。有人厌弃，有人虚度，有人奋进，也有人追逐。就这样，宣科先生从一个失去时间的人，变成了追时间的人。

四

宣科先生喜欢到烟草公司批发五元一包的"大红河"烟。他说："有劲，辣。"从这个细节出发，我们推测宣科先生是一个烈性之人——性急，爽快，事事追求效率、极致和痛快。宣科先生这样形容自己："我就是火，说话的火。"宣科先生最喜欢的茶是蒸酶茶。他常常到古城入口的交易市场里边和商贩边开玩笑边讲价，买二十元一条的牛仔裤。五元的烟、十多元的茶、二十元的裤子,这让人看到宣科先生节俭的一面。在采访中,许多老师都说起宣科先生节俭。作曲家万里老师对此印象深刻:"宣老非常节俭,有一次他请我们在餐馆吃饭,结束时剩下的饭菜他都打包带走,没有一丝因'大大方方的豪爽'造成的浪费。"

宣科先生丢失了那么多时间,他想要追回来。时间有限,只能"抠",一秒当两秒用。所以,骑着单车、穿牛仔裤的宣科先生风风火火地出现在大家视野中。他努力做事,在丽江市一中教书时,组建合唱团,开设"纳西人学英语"实验班,到大东等地进行田野调查,收集纳西古乐的资料。

宣科先生去进行田野调查时,常常是一根拐杖、一个包、一壶水,只身前往。他和当地的村民成为朋友,后来还资助了那里的许多孩子读书。他热爱脚下的故土,但他又用不同的思维来观察、挖掘他栖息的天地。材料里如此记述:"其间,他跋山涉水,深入民间,与当地乡民和民间艺术家同居同饮,不仅考察了纳西族人的形象、服饰、民俗语言、歌舞形式等,还直接体验到他们的内心情感、意识、心理因素,甚至山脉走势、河流水声、动物鸣叫、气候变化等,都将其与音乐艺术联系起来,思想的喷涌达到巅峰。"

宣科先生是热爱音乐、热爱生命的,他的生命是一首和时间有关的冰与火之歌。在极寒之后,他爆发出炙热的热爱。和学佳老师说:"我总觉得有二十一年牢狱生活的人,对生活应该是失望的。没想到他对生活、对身边的人,满怀一种热情,总怀有一股想参与进去的力量,朝气蓬勃。想想自己遭遇的小波折、小烦恼算什么。他真的是治愈了我很多。"

朋友们记忆深处的宣科先生极具人格魅力——作为丈夫,有责任心;作为父亲,对子女无私付出;对朋友,高山流水,坦诚相待;对他人,幽默风趣,亲切随和;对音乐,爱之深、行之切;作为公民,做公益,造福子孙。这些都是宣科先生的"身份",是他作为儿子、丈夫、父亲、朋友、艺术家的人格魅力的体现,但宣科先生的"自我"呢,谁在关照他"自我的成长"?

作为与宣科先生素未谋面的晚辈,我们并不想在怀念中过多地称赞他的美德。我们只想循着一个褪去光环的普通人"活过"的轨迹,看一个"人"是如何在人生的起落得失间觉醒蜕变,从低谷到高峰,重新自立自信地站立起来的。宣科先生自小生活优渥,他人生的起点高于常人。他后来的人生低谷,却又低于常人太多。大起大落间,宣科先生自我